シリーズ〝文学と神社〟①

住吉社と文学

京都女子大学短期大学部
国語・国文専攻研究室編

和泉書院

はじめに

住吉神の出現は伊弉諾尊の檍原《あわぎはら》におけるミソギの段、大阪市住吉区の現在地への御鎮座は神功皇后三韓征伐の伝。住吉大社の物語は実に古く、悠久の時の流れと共にある。例の「現人神」として名高い『伊勢物語』百十七段が物語るところは、実はこの「悠久」の実存に他ならない。

悠久の時を経てなおさらに斎《いわ》い祀《まつ》ろうとする心は信仰であるが、常に我々に働きかける稚《わか》やかな霊力が住吉神にあるが故に得られるものであろう。このことは禊祓神・航海神・軍神・疫癘調伏神・和歌神・縁結び神・子育て神等と多面的な信仰を集めて来た事実に依って明らかな事である。信仰は、祀る者の祈りに神仏が感応する事をもって発揚されるが、実は神仏に対して様々な祈りを受け留めるしなやかな稚《わか》さが求められているのである。そして、多面的な住吉信仰は、多面的な宗教的心性を産みながら多くの文学と関わることになる。

住吉神あるいは住吉大社の宗教的心性を表出する文学は、『古事記』・『日本書紀』・『万葉集』等は言うまでもなく、『土佐日記』に『伊勢物語』、『源氏物語』をはじめとする作り物語や歴史物語、また『平家物語』や『太平記』等の軍記、『古今集』・『新古今集』等に代表される和歌、『今昔物語』・

『宇治拾遺物語』等の説話や『一寸法師』をはじめとする御伽草紙、はたまた能・狂言も含めた演劇の類、俳諧から俗歌・俗謡の類まで、全ジャンルで途切れる事なく続いている。すなわち、住吉大社的素材なしに国文学は成立し得ない、といっても過言でない程である。この為、「住吉神と文学」あるいは「文学と住吉大社」なる命題は、文学研究の大きな柱としてこれまでに枚挙にいとまがない程に数多くの論がなされて来たことである。そして、研究の為の資料としては

○住吉大社神代記＝住吉大社蔵。コロタイプ版復製あり。田中卓博士の翻刻数種。『平安遺文』・『日本庶民文化資料集成』等にも翻刻あり。

○住吉松葉大記＝梅園惟朝編著。昭和九年活字版と同復刻版（皇學館大学出版部）がある。

○住吉大社史＝上・中・下三冊。住吉大社奉賛会編著（昭和五十八年）。

あたりが中心になされて来た。田中卓博士の一連の住吉大社研究および真弓常忠氏の「埴使《はにつかい》」研究等は『住吉大社神代記』を中心に考えた論の白眉である。そして、古代中心に展開されて来たこれまでの研究は『すみのえ』誌に蓄積された。

『すみのえ』誌に蓄積された研究は「住吉学」とでも称すべき広がりと体系を持ちつつある。しかし、反面、蓄積から抜け落ちてしまった部分も少なからず存在する。特に、住吉神宮寺の問題は、研究論文の絶対数も少なく、等閑に付されて来た観が否めない。住吉神宮寺は『住吉名勝図会』にもふれられているが、とりわけ『住吉松葉大記』に依れば文学とも積極的に交わって来たと見受けられる。

あるいは南朝の文学と住吉神との関係はどうであったのか。また浮世絵にも描かれて著名な江戸は佃島の住吉社が文学とどう関わり、それが摂津国住吉社にとって如何なる意味を有しているのかすら我々はよく把握出来てはいない。ここに「住吉学」形成の弱さがある。

今、あらゆる分野に世代交替の波が打ち寄せている。世代交替は知識に対する価値観の変化をもたらす。神社・寺院に対する知識も決して例外では有り得ないし、国語・国文の世界もまた然り。すなわち、「住吉学」の明日も、その基盤も揺らいでいるのである。この様な秋《とき》、後人に伝うべき学の伝統と学びの楽しさ、そして何よりも信ずべき真心の存在をここに纏めた。わずかに住吉の浜の真砂の一粒に過ぎないかも知れない。しかしさざれ石が巌となる例《ためし》もある。住吉の神が今一度細部にやどり給わんことを。

〈目次〉

一　住吉と文学

――信仰史の確立のために――

八木　意知男

はじめに

禊祓《みそぎはらえ》の神、航海の神、軍の神、そして和歌の神、等々と信仰される大阪市住吉区に鎮座の住吉大神は、記・紀・万葉は言うに及ばず、時代を越えて文学の対象とされ続けて来た。そこで、当然乍ら数多くの研究も重ねられたのである。しかし住吉神に関する全てが解明されるはずもなく、特に信仰史の問題は多く残されたままとなっている。住吉大社広報誌『住吉っさん』第四号（平成十五年一月）に寄せた「翻刻『住吉神社割』」等は、特に住吉神宮寺の問題を考える資料となればと考えたものである。

ところで、ここで考えようとするのは、除病神としての住吉神信仰についてである。それというのも、住吉津は外に向けて開かれており、「天行病は先ず住吉に流行する」なる考え方からすれば、住吉神が除病神の神徳をもって信仰されても不思議ではないからである。「天行病」とは細菌やビールスによって生ずる流行性疾患をさし、流行性感冒「シハブキ」・麻疹「ハシカ」・痘瘡「モカサ」等、漢方医家にて「傷寒の症」と総称する病の多くがこれである。これ等「天行病」に対する恐怖心は、平田篤胤『志都乃石屋』、富士川游『日本疾病史』（平凡社東洋文庫、昭和四十四年）、川村純一『病いの克服―日本痘瘡史―』（思文閣出版、平成十一年）、酒井シヅ『絵で読む江戸の病と養生』（講談社、平成十五年）等によって明らかである。そこで、この病と住吉神信仰が如何に関わるかという点を考えようとするのである。

一　『住吉開口大略絵詞伝』が語る

天明三年（一七八三）に刊行された鵜川麁文の年中行事書『華実年浪草三餘抄』巻六には次の如くいう。

名越祓《ナゴシノハラヘ》　**荒和祓**《アラニコノ》　神祇令ニ曰、名越祓ト者、名ハ夏ノ略ノ語、夏越ノ祓也、言心ハ解二除不祥ヲ一越テ晦レ夏ヲ将ニレ至ントニ千秋ニ一之意也、○荒和ノ祓モ名越ノ祓トハイヘトモ按ルニ公事根源節折ノ式ニ曰、晦日ノ夜御贖物マイル、アラヨ《荒節》ニコヨ《和節》ノ御装束云々、是即御祓ノ具也、荒節和節ノ御祓ト云ヘキヲ略シテ荒和ノ祓ト云ニヤ、又清輔奥儀抄ニ譬ハ夏ノ蠅ノチリミタレタルヤウニ荒キ神ノアル也、是ヲハラヘ和儺《ナコムル》トテ六月ノ祓ハスル也、万葉ニ和儺祓ト書テナコシノハラヘト読リト云々、此荒キ神ヲ和儺《ナコム》ルノ心ニテ荒和ト云ニヤ、八雲御抄ニ名越ト云コトハアラユル邪神ヲナゴム故ナリト、然レハ名越ノ祓荒和ノ祓同事也、〇古今六帖 みな月のなこしのはらへする人は千とせのいのちのぶといふなり読人不知

（八木架蔵本による。ただし、漢字は現在通行字体に改めた。）

住吉大社の夏大祭（南祭）「荒和大祓《あらにこおおばらい》」は、単に「住吉祭」あるいは「おはらい」とも称され、もとは六月晦日を式日とし、堺宿院の頓宮に神幸があった（現行は八月一日）。この点は『住吉大社神代記』に

六月御解除。開口水門姫《あきくちのみなとひめ》神社。（和泉監に在り。）四至（東を限る、大路。南を限る、神崎。西を限る、海棹の及ぶ限。北を限る、堺の大路。）

（田中卓著作集7『住吉大社神代記の研究』による。）

とあり、随分古くからのものと知られる。住吉大社奉賛会『住吉大社史　下』（昭和五十八年）第二十一章に詳しく述べられる通りである。そして開口水門姫神社については、天野信景『塩尻』巻二十八の芽垣内本による拾遺に次の如くあるのが詳しいものである。

〇神功皇后三韓を征し給ひし時、住吉の大神導きたまふと、神祇道の常談なり。夫れ住吉は海の霊を祭る。現形の事いぶかし。浮屠の説に似たり、如何。予曰く、和泉国大鳥の郡南の庄開口《あくち》村に祭る真住吉神社俗三村大明神と云は、事勝食勝国の長狭命と号す。又塩津老翁とも称す。神后韓を征したまふ時、導ひ奉り、御帰国の時、真住吉の国と宣ひしより、此所に鎮め奉りて、住吉の外宮とし、

一体別祠の伝習あり、摂津の住吉造替の日は、此の社も必ず造建の事あり。社今密乗山大念仏寺の鎮守となる。是、行基仏等を建て、空海宗を立て《（マヽ）》より以来、神籬ことごとく仏地となれり。以レ此按ずるに、住吉に荒魂和魂の社あり。此の社は人体にして、実に神功后前導の功臣なるが、其の事勝の称は、神代道ひらきの神の号なり。塩津老は、猶、海浜の老者といふが如し。人名にあらず。されば、又猿田彦と同神といふも、習ひある事也。たゞ前導の号と心得て可なり。然れば真住吉は、前導の神、其の荒魂は、海水上中下の霊に配するなり。

（『日本随筆大成』所収本）

ところで、この開口水門姫神社に関わる縁起として『住吉開口大略絵詞伝』がある。まずこれを掲げる。

翻刻『住吉開口大略絵詞伝　全』

〈書誌〉

表題『住吉開口大略絵詞伝　全』、柱書「住吉開口社大略」。縦二三三粍×横一六三粍、楮紙袋仮綴、全十二丁。版本。四周単辺匡郭内一面十行、一行二十～二十八字。かな交り文。多くルビ有。絵入。安永五年（一七七六）、引接寺刊。

『国書総目録』記載は次の通り。

住吉開口社大略《すみよしあぐちしやたいりやく》　一冊　(類)神社　(著)引接寺編　(成)安永五刊　(版)関大（「住吉開口大略絵詞

伝」）・大阪府

本稿で使用するのは八木架蔵本であり、翻刻は次の要領に依る。

①原文の字詰は無視し、全て追い込みとした。画は最後にまとめた。

②原文に句読点は無いが、判り易くする為、最少にこれを私に付した。

③漢字は現在通行字体としたが、「佛」「住吉」等および「ハ」「ミ」等のカタカナは原文のまま残した。

④ルビはそのまま残した。

〈翻刻〉

勅許勅願両部《ちよくきよちよくくわんりようぶ》神秘《じんひ》の霊場《れいちやう》堺《さかい》の津念佛《ねんぶつ》　最初《さいしよ》の道場《どうぢやう》　住吉開口《すみよしあぐち》の社《やしろ》　神勅山引接宮寺《しんちよくざんいんぜうぐうじ》

抑〳〵《そも〳〵》　当山《たうざん》の本尊《ほんそん》ハ住吉太神風雅《すみよしだいじんふうが》の御神体《しんたい》と伝《つたへ》て堺の津念佛最極《さいごく》の霊像《れいぞう》　則《すなハち》　大明神の秘作《ひさく》也、其縁起《そのゑんぎ》を尋　奉《たづねたてまつる》　に貞和年中の頃当地《たうち》の浜《はま》に三宅《やけ》五郎三郎といふものあり、其家冨栄《そのいへとミさかふ》といへとも神佛《しんふつ》の名字《ミやうじ》を信《しん》ぜす、甚　邪見《はなはだじやけん》なり、于時癩病《ときにらいびやう》をわつらひ出し療　治《りやうぢ》品《しな》を尽《つくす》といへどもしるしなし、其子に十五郎といふものあり、天然《てんねん》と孝行《かう〳〵》の　志　深《こゝろざしふかく》　且ハ神佛を信仰《しんかう》し常《つね》に父母に実情《じつじやう》のうすき事をなけき、殊更《ことさら》に父の病を悲《かなしむ》こと譬《たとへ》とするに物《もの》なし、終《つい》に貞和二年（一三四六）正月二日より住吉の神社《じんじや》に参籠《さんろう》し七ヶ日の間《あいだ》水食《すいじき》を断長　座《たちぢやうざ》してねむらす、誓願《せいぐわん》して云《いわ》く、今度わが父の病明神の御力によつて本復《ほんふく》なさしめ玉へ、若亦業病《もしまたごうびやう》にて遁《のがれ》がたくハ我命をとり玉へ、本復せバ一夏《げ》九旬《じゅん》の間神前江日参させ其後精舎《しやうじや》を建立《こんりう》し奉ん、此願成就《じやうじゅ》せすんハ神前をさらす、と丹誠《たんぜい》を抽《ぬきんで》身命《しんめい》をおしまず祈《いのり》けれバ、七日満寅《ミつるとら》の時、夢《ゆめ》にあらすうつゝにあらず神殿俄《しんでんにわか》に鳴動《めいどう》し妙《たへ》なる御音にて神勅《しんちよく》あつて曰《のたまハく》、汝《なんじ》が父の病我力に及がたし、然《しかる》に汝父母に孝行なること年ひさし、殊に道心深《どうしんふかく》父が志《こゝろざし》なき事を歎《なげき》おもふ其善心を感《かん》じ我密《わがひそか》に作《つくる》所《ところ》の無量《むりやうじゅ》壽の尊像《そんざう》を汝《なんじ》に与《あとふ》べし、是即我内證《これすなハちわがないしやう》の本意《ほんい》也、所ハ堺宿院の浦《うら》海中にまします此本尊を請《しやう》じ奉り、高野《かうや》道場に在《どうぢやうまします》智演聖人《ひじり》を請待《しやうだい》し、昼夜《ちうや》念佛し精舎《しやうじや》を建立し永《ながく》堺の津におゐて念仏を弘《ぐ》通《づう》せハ、その功徳平等普潤《いさおしびやうどうふぢゅん》なれバ遁《のがれ》がたき業病を本復すへし、と新《あらた》なる勅宣《せん》を蒙歓喜《かうむりくわんぎ》に身《ミ》の置《おき》所《どころ》をわすれ急《いそぎ》宿院のうらにいたり海《うミ》の面《おもて》を見れハ、西のかたより光《ひかり》あつて自陸《おのづからくが》ぢかく流《ながれ》よる、十五郎ありがたく見れハ菰包《こもつゝミ》也、開拝《ひらきはい》すれハ木像《もくざう》の阿弥陀佛《あミたぶつ》にてありける、扨《さて》ハ明神の神宝是《かんだからこれ》也、とわが家《や》に守《もり》奉り、父にかくと語《かたり》けれバ大に悦《よろこひ》神の教《おしへ》に随聖《したがひひぢり》智演《ちえん》上人を請じ、七日七郎の別行《べつぎやう》念佛を開闢《かいびやく》す、扨社《さてこそ》堺の津念佛の始也、此別行の中開山智演上人入定《にうぢやう》し、神佛の内証神秘《しんぴ》の奥儀《おうぎ》を極《きハめ》、則神佛の秘文《ひもん》を伝授《でんじゅ》し玉ふ、南無阿弥陀佛ゝゝゝ口伝あり、筆点《ひつてん》に題《たい》しがたし、されハ聖《ひぢり》ハ此神勅の御札《ミふだ》をおして五郎三郎に拝授《いたゞかせ》玉へハ病体忽平愈《たちまちへいゆう》す、今に至て此御札をおし毎年正月密《ひそか》に住吉へ納、御下《おさげ》を諸人に施《ほどこす》こと此故実《こじつ》也、若奉納怠《もしほうのふおこたら》ハ六月晦日御幸《ミゆき》の節障《ときさワり》ありと聞伝《きゝつたへ》たり、此明神御下《おさげ》の御札を拝授する人ハ災難《さいなん》を払《はらひ》、諸病を平愈し、必身心辱軟《かならすしんじんにうなん》とならんこと信心《しんじん》によつて霊験《れいげん》を得《うる》こと大地をうつがことし、是忠孝《これちうかう》引接の全体《せんたい》、日《ひ》の本《もと》唯一の道《ミち》なり、委《くわしく》　ハ当社の神秘にして別に伝授《でんしゆ》あり、終《つい》に別行を成就し神に皈《き》し佛を仰《あおい》でおこたらす、則社塔幷四十九院を建立し同八月八日遷宮《せんぐう》あり、智演上人を開祖《かいそ》と崇《あがめ》　奉りき、忝《かたしけなく》　も九十七代　光明《かうミやう》　帝《てい》より山を神勅《しんちよく》　諚《じやう》　山寺《ざんてら》を引接寺と勅《ちよく》　号《がう》し玉ふ、其後《そののち》　後小松《ここまつ》　院勅《のいんちよく》　宣《せん》あつて住吉の社務《しやむ》江当山敷地《しきち》の寄進《きしん》　仰《おふせ》　下さるゝに依《よつて》　而地ハ住吉の社務津守国夏卿《つもりくになつきやう》　海中を籠《こめ》て寄附《きふ》せらる、即《すなわち》　社務家の寄進状に曰《いわく》　国夏卿の神判あり　一寄進す、当社領《たうしやりやう》　開口《あぐち》の社《やしろ》　堺《さかい》　南の庄引接寺《せうゐんぜうじ》敷地《しきち》之事、東宿院より西二十七町、北今市より南三十八町、所宛《あてたも》　給《ふところ》也、依而状如件年号月日、又其後社家より異変《いへん》の事申出せる時に　将《しやう》　軍義政公《ぐんよしまさこう》当社江御成《おなり》あつて聞《きこしめし》　召仰出されけるハ引接寺ことハ我《ワれ》享年信仰の霊地なれバ元《もと》のことく寄進すべき由社家江仰渡されけれバまたもとのことく寄進せられき、即義政公の御教《ミぎやうしよ》　書御袖判《そではん》幷奉《ぶ》行《ぎやう》　照綱《てるつな》の添《そへ》状まで当山にあり、元来《もとより》此本尊ハ万里の海中を流《ながれ》て結縁《けちゑん》し玉へハ青蓮《せいれん》の御　眸《まなじり》　丹菓《たんぐわ》の御　唇《くちひる》　など御相好《ごさうがう》も衰《おとろへ》　玉ふを再興しけれハ佛師《ぶつし》が両眼俄《にハか》に腫《はれふさがる》　塞《これたゝごと》　是只事ならすと御詫《わび》を申て漸《やうやく》　目も元《もと》のことく成《なり》ぬ、故《かるがゆへ》　に今に箔佛《はくぶつ》にてわたらせ玉ふ、諸人の疑《うたがひ》を除《のぞか》んとこゝに記《しるす》、且亦三宅《かつまたミやけ》五郎三郎後にハ堺の執権職《しつけんしよく》と成《なり》三宅主計頭《かずへのかミ》と受領せり、是亦本尊の霊験《れいげん》也といへり、されハ神ハ人の敬《うやまひ》に依て威《い》光を万邦《ばんぽう》に施《ほどこし》　人ハ神の徳によつて運命《うんめい》を千載《ざい》に持《たもつ》といへり、然《しかれ》ハ神明佛陀《しんめいぶつだ》感応《かんおう》ある自然任運《しぜんにんうん》の霊場《れいぢやう》　千代《ちよ》を寿《ことふく》　神秘の宮寺《ミやてら》なれバとて〇緑松《ろくせう》に向《むかへ》ハ風妄《もう》想《ざう》の夢《ゆめ》を覚《さまし》、蒼海《そうかい》を顧《かへりミれ》　ハ波煩悩《なミぼんのふ》の垢《あか》を滌《そゝぐ》、是　併《しかしながら》　無縁《むゑん》の慈悲法界《じひほうかい》に遍《へん》する者也、故に一切衆生の心想の中に入《いる》といへり、真《まこと》に以穢土《ゑど》を離《はなれ》す浄土を越す凡界聖《ぼんかいしやう》　境《きやう》　浄穢《ゑ》不二生《しやう》佛《ぶつ》一如《によ》の道理《どうり》を南無阿弥陀佛と顕《あらわれ》し故也、秘《ひ》すべし、此感応同更《かんおうどうぎやう》ハ佛理《ぶつり》にさきだち此日の本の伊弉諾《いざなぎ》伊弉冉《いざなミ》　尊《のミこと》はじめて唱《となへ》玉ふ、あなにへの御言の葉よりして和歌の実情《じつじやう》と伝《つたへ》て神勅　勅許の重《おもき》　当山の秘蔵《ひざう》也、むかし大明神此浦《うら》に着　岸《ちやくがん》あり御船《ミふね》の纜《ともづな》を繋《つなぎ》　玉ふ松原を艫《への》松といふ、また船より御あがりあつて此《こゝ》に籬宮《りきう》あるに始て神勅あるほどに開口の社と申也、されは口をひらくと書也、よつて堺を開口の江《ごう》といふ、それより住吉江御移《うつり》ありけれバ開口の社ハ住吉の内宮也、誠《まこと》に明神も着岸の在所《さいしよ》をわすれ玉ハす年《とし》ごとに一度六月晦日に御幸《ミゆき》あつて夏祓《なつはらへ》の神事あり、御旅所《おたびしよ》を其日ばかり立るゆへに在所を宿院と名く、当山元《もと》宿院也、大明神住吉江御移まてハ諸神御供《とも》ありけり、住吉に神宮定《さたまりて》　後諸神還　御《くわんぎよ》ありける時に御名《な》残ハ一年に一度六月晦日にハ此うらに御影向《やうごう》あるべし、大明神もかならす参会《さんくわい》あり名越《なごし》の祓の実義《じつぎ》など御契約《けいやく》あり、此寺法かすかに残て毎年六月晦日明ヶ六ッ時よりしバらく本尊の御簾《ぎよれん》をひらき神秘の祓《はらへ》松風の名号《ミな》を祝《しゆく》し千歳楽万載楽の神風颯々《かミかせさうく》の響《ひゞき》をたのしむ、実《げ》にや六月晦日の御祓ハ住吉一社の事にあらす、八百《やお》万　神　集《よろづかミあつまり》　玉ふ御大切の御神事なれバ、此国に生《むまれ》し人ハ此祓の御神徳を蒙《かふむら》ざるものなし、何ぞ此本尊に皈《き》せざらんや、如　是《かくのごとく》　南方第一の霊場《れいぢやう》なれども両度の兵　火《ひやうくわ》に焼失《せうしつ》して神勅勅許の神秘寺法も乱雑《らんざつ》し、剰《あまつさへ》　由緒《ゆいしよ》の在所を離《はなされ》、かすかに御神体を安置《あんち》する斗《ばかり》　也、尓《しか》るに今度年ひさしく失《うせ》たる本尊の縁記《ゑんぎ》等《とう》の本紙　再《ふたゝび》　当山に皈《かへる》、かるがゆへに故《ふるき》を尋《たづね》て本尊の霊験《れいげん》明神の厚恩《かうおん》を披露《ひろう》するも

図1　表 表紙

図3　第2図（2ウ）

図2　第1図（1ウ）

図4　第3図（3ウ～4オ）

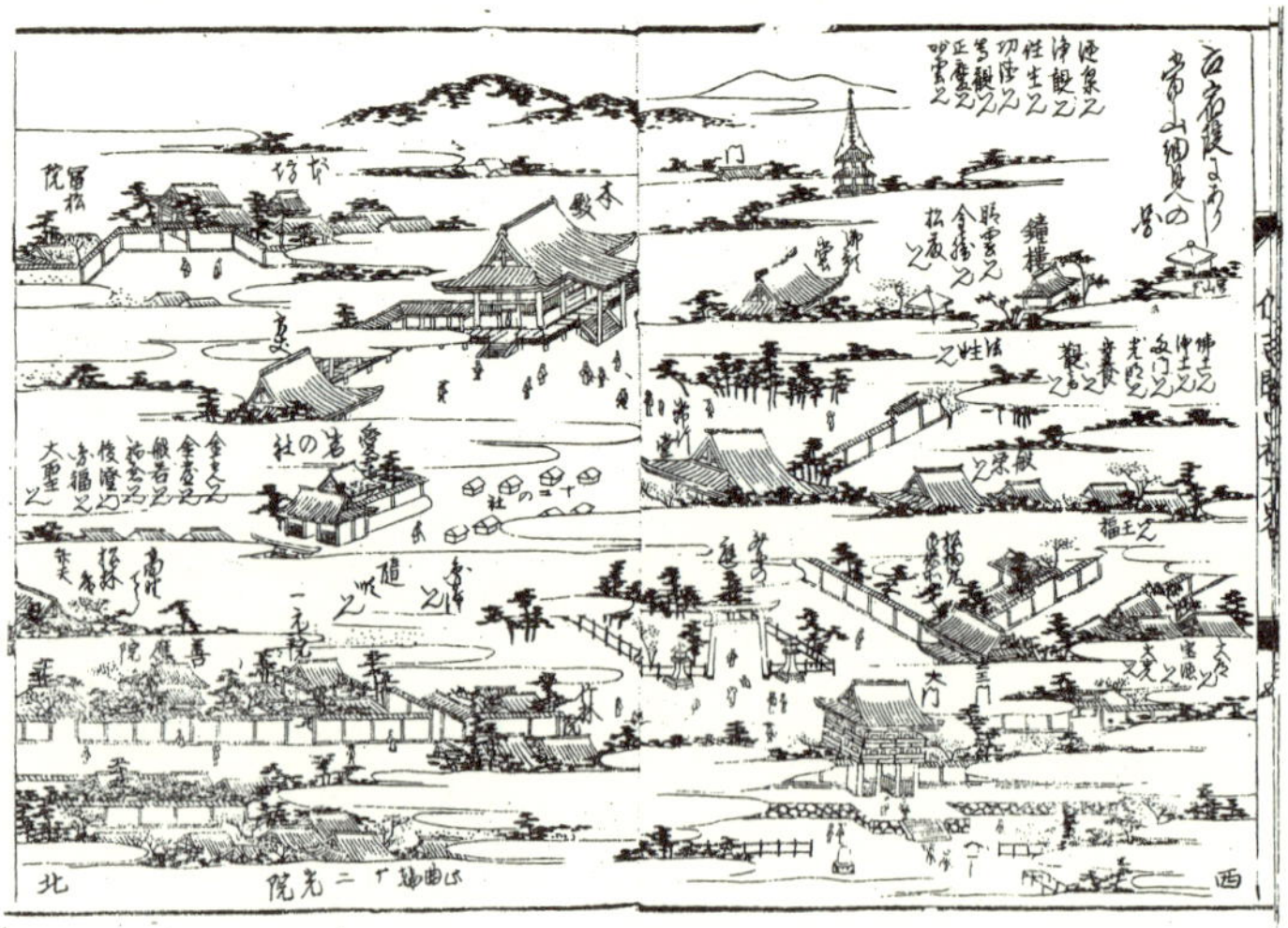

図5　第4図（5ウ～6オ）

図6　第5図（7ウ～8オ）

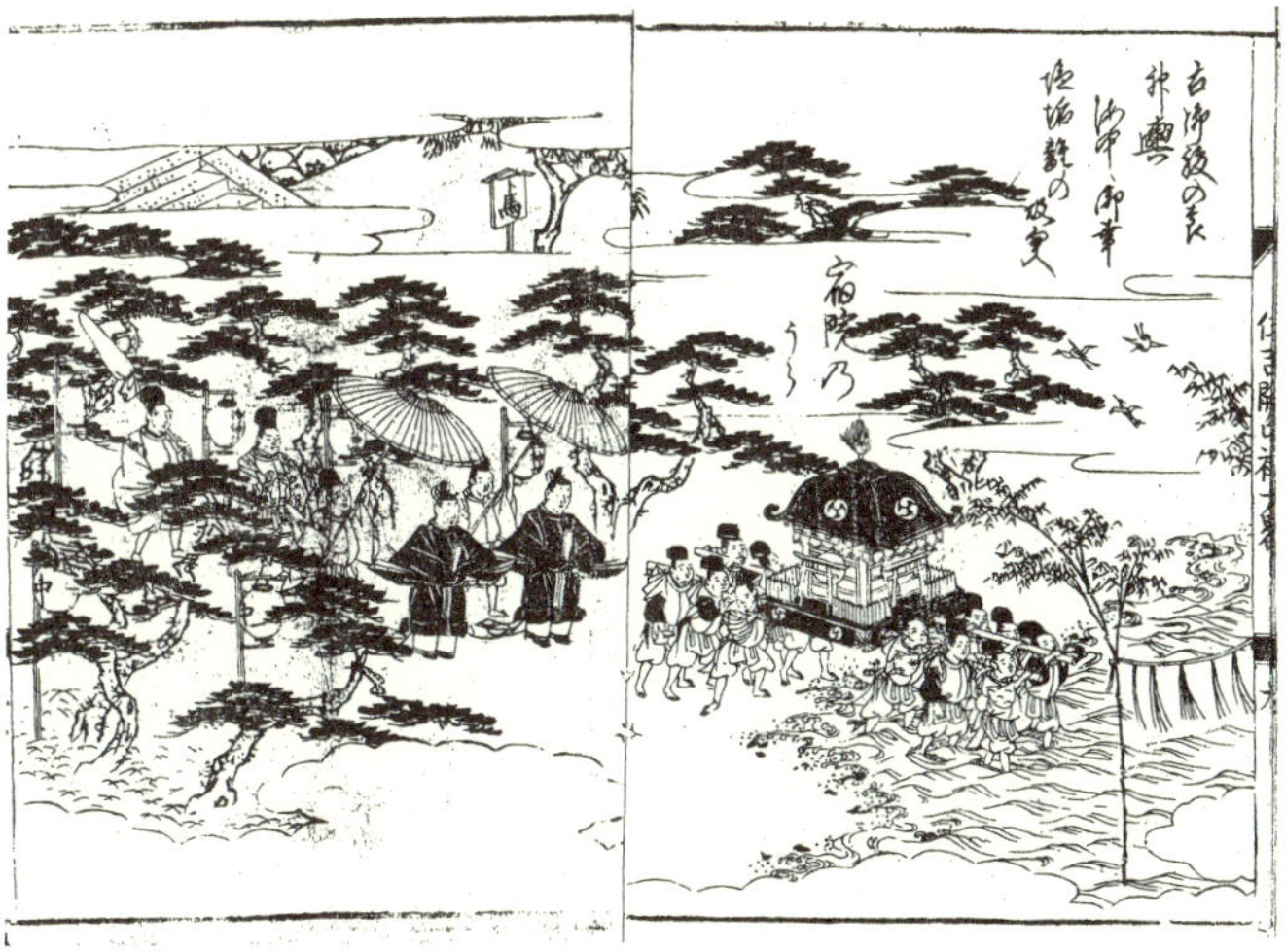

図7　第6図（9ウ～10オ）

の也、尚奉行《なをぶぎやう》照綱《てるつな》の正筆本縁起に委《くわし》し、尓《しか》れハ大明神の氏子并念佛の宗徒等《しうとら》此本尊の大悲明神の威光を知《しり》など報《ほう》ぜずハあるへからす、所詮《しよせん》堺の津念佛開闢の霊地、津の国和泉念佛最極の本尊、日の本和歌《わか》の故実《こじつ》にて神秘ありと尓《しか》いふ

安永五申歳三月

御朱印所　住吉開口社堺引接宮寺

上の「堺引接宮寺」は引接寺と同じと考えられ、平凡社『日本歴史地名大系　大阪府の地名』「引接寺」条、『泉州志』「勅定山引接寺」条、『堺市史続編　一』第三編等に述べられるところである。引接寺は時宗四条道場金蓮寺末として著名であり、織田信長が天正元年（一五七三）に足利義昭を追放した時にはここに陣取した事が知られるが、明治六年（一八七三）の神仏分離によって廃寺となり、『醒睡笑』で知られる安楽庵策伝の正法寺に併合された。

さて、当面必要な事は、当該縁起が孝子三宅十五郎が癩病を患った父の為に住吉神に祈り、これに感応した住吉神が自作の阿弥陀如来像を授けた、と語る点にある。梅園惟朝『住吉松葉大記』は『泉州志』所載を引き「蓋縁起妄作」と断言するが、ここには一定のパターンが認められる。

二　住吉神病を癒す

『住吉松葉大記』寺院部十七「神宮寺」条に記して次の如くある。

又当寺有二五大力菩薩絵像五幅一、其絵奇妙絶観亦非下今画工之可二企及一者上、異称日本伝巻第三引二図絵宝鑑一条西峰今按曰亦有二世間不レ知妙筆一、如二住吉墨絵五大力菩薩一、一見者爽レ目、応レ駆二疫癘一、相伝建久年中物也、社僧伝説謂建久年中住吉郷内疫癘流行人民致二夭死一者甚衆矣、時社僧於二神宮寺一修二除災之禱一、尓一日有二老叟一、曳レ杖忽至二法度一、乃謂二衆徒一曰今為二何行法一、大衆以レ実答、老叟云其欲レ攘二除疫気一、無レ如下安二置五大力菩薩像一修中其呪上、吾画二其像一与二衆徒一且救二人民非命一可乎哉、衆徒歓喜出二筆墨一続レ紙与二彼叟一、叟乃焼二松葉一為レ筆暫時間図二佛像五幅一、与二衆徒一而辞去、（以下略）

この五大力菩薩像五幅は現在高野山普賢院に蔵され、平成十五年「弘法大師入唐一二〇〇年記念空海と高野山」（京都国立博物館他）あるいは平成十六年「紀伊山地の霊場と参詣道世界遺産登録記念特別展『祈りの道―吉野・熊野・高野の名宝―』」（大阪市立美術館）に出展されたものと思量されるが、これの筆者が住吉神であるとの伝が存するところに意味がある。同伝は近世期に成ったと考えられる著者不明の『住吉神社割』にも認められる。地域の人々が疫癘流行に困って住吉神宮寺に於いて祈禱の折、老翁姿の住吉神が出現して五大力菩薩を描き、これを崇めさせる事を通して人々の生命を救うのである。

弘法大師と住吉神が互いの姿を描き合ったと伝える「互《たがいのみ》御影《えい》」の問題も含めて、住吉神は時に画筆を執り、仏像を彫るために鑿を振るう神とて信じられていたのである。そして、疫癘を除かんが為に五大力菩薩像は制作されている。住吉神が除病神として信仰されたと考えるべきである。

そもそも住吉社第一本宮は薬師如来を本地仏とする。故に、住吉神に除病を祈ることは、当然であるとすべきかも知れない。あるいは心身の罪穢れをとりのぞく禊祓神である故、除病も可能という事であろうか。何れにしても、除病神としての住吉神が認識されなければならない。

時代は降るが、江戸期の儒医牛山香月啓益の『小児《しょうに》必用養育草《ひつようそだてぐさ》』は次の如くいう。

(二)痘瘡《いも》の病《やまひ》に神明《しんめい》あるの説

○朝鮮《てうせん》の人南秋江《なんしうかう》があらハすの所の鬼《き》神論《しんろん》に、痘瘡《いも》の病一度ありて後、身を終《おハ》るまで二度煩《わづら》ふ事なし、或人《あるひと》おもへらく、世の俗説《ぞくせつ》に、痘瘡《いも》の神ハ聡明無欲《そうめいむよく》の神なるを以二度いたる事なしと、誠《まこと》に鬼神ありや、南秋 江《なんしゅうかう》がいはく、これすなハち神明にあらず、小児はじめて生る時かならす穢《けがれ》たる悪汁《あくじう》を飲《のむ》事ありて腹内《ふくない》にかくる、たま〳〵時行《しけう》の疫風の温熱《かんなん》の気外よりさそひぬれば、臓腑《ざうふ》にかくれたる所の穢《けが》れ内より相応《あいおう》じて此病を致す、その悪汁を飲《のむ》事二度せず、その故に其病も二度発《はつ》する事なし、なんぞ鬼神の過《とが》ならんや、順《じゅん》なる証《しょう》ハ薬を用ざれ共治《ぢ》す、逆《ぎゃく》なる症《しゃう》ハ薬を用ひ薬餌《ぐい》をなすへし、その備《そなへ》 医家《いか》もつまひらかなり、今の世の人、比病ハ鬼神の病となし、薬を施《ほどこ》す事なく、居《ゐ》ながら死《し》をまつ類《たぐい》の者多し、これ愚《おろか》なる事なりと云へり、しかれハ他国《ひとのくに》にても痘《いも》の神といふ事を云けるにや、わが日本の風俗、ことさら神明《しんめい》をたつとぶ国なれバ、其家痘を煩《わづら》ふ者あれバ、神の棚《たな》とて新《あらた》にこしらへ、御酒《ミき》倶《ぐ》物等《もつとう》をそなへ祭《まつ》る事なり、外よりなす事にして、病《びやう》者《じや》に害《かい》をなす事ならねバ、いヶ様にも国の風俗にしたかふべきなり、

○今時の神道者《しんたうじや》ハ痘瘡《いも》の神《かミ》ハ住吉大明《すミよしだいミやう》神《じん》を祭《まつ》るべしといへり、住吉の神ハ三韓《さんかん》三韓とハ新羅《しんら》百済《くたら》高麗《かうらい》をいふなり降伏《がうぶく》の神なり、痘《いも》ハ新羅《しんら》の国より来れる病なれハ、此神を祭りて、病魔《ま》の邪気《じやき》に勝《かつ》べき事なりと ぞ、好事《かうず》の者の説なるにや、

（寛政十年印本による。八木架蔵）

この牛山『小児必用養育草』に見える住吉神説が何れから来たものであるかは定かにないが、『病と祈りの歳時記―さまざまな健康への願い―』（内藤記念くすり博物館、後藤恭子編著、平成六年）の表紙を飾るダルマ（痘瘡神）・金柑・飼馬桶・麦を描き、多羅葉図案にかぶせ記して「はしかのまもり」とする護符（一英斎芳艶画）に春霞主人が誌している。

夫痘疹《それいもはしか》ハ聖武帝天平年中《しやうむていてんへいねんぢう》、筑紫《つくし》の人《ひと》新羅《しんら》国《こく》に漂流《ひようりう》して此疾《このやまい》に染《しん》で皈《かへ》る、是より我朝《わがてう》に始《はじめ》て流布《るふ》す、尤《もつとも》疹《はしか》ハ時々《ときぐ〱》流行《はやら》ずと雖《いへど》疾時《やむとき》ハ人命に至《いた》るも少《すくな》からず、去《さり》ながら痘《ほうさう》にハ壇《だん》を設《まふけ》て神《しん》を祭《まつ》れど末《いまだ》疹《はしか》に神有《かミある》を知《しら》ず、或書《あるしよ》に曰《いふ》、住吉大明神《すミよしだいめうじん》ハ三韓降伏《さんかんがうぶく》の御神《おんがミ》なれバ、麻疹《はしか》を病者《やむもの》ハ宜敷壇《よろしくだん》を築《きづき》て御神《おんがミ》の冥助《みやうじよ》を祈《いの》るべしと有《あり》、是寔《まこと》に確論也《くわくろんなり》、故《ゆへ》に今此縡《いまこのこと》を諸人《しよにん》に知《しら》す、必《かならず》疑《うたがふ》べからず、

富士川游『日本疾病史』（平凡社東洋文庫133、）や川村純一『病いの克服―日本痘瘡史―』も引く住吉神疫癘調伏説は、まず住吉神信仰が存在して、その事が江戸期になって顕在化したと考えるべきことである。

三　赤染衛門の場合

ところで、赤染衛門の和歌として次が知られている。

①『後拾遺集』（『新編国歌大観』所収本、一〇六九番歌）

挙周和泉任はててまかりのぼるままにいとおもくわづらひ待けるを、すみよしのたたりなどいふ人はべりければみてぐらたてまつりけるにかきつけける　　赤染衛門

たのみてはひさしくなりぬすみよしの　まつこのたびのしるしみせなん

息男挙周《たかちか》の病平癒を、大江匡衡《まさひら》の妻赤染衛門が、『伊勢物語』百十七段を念頭に置きつつ「此度《きて》は霊験の程を見せておくれ」と訴える。実は、この祈りの事は多くの資料に見える。そこでまず諸書からこれを抜くことからはじめたい。

②『詞花集』（『新編国歌大観』所収本、三六二番歌）

大江挙周朝臣おもくわづらひてかぎりにみえ侍りければ

よめる　　　　　　　　　　　　赤染衛門
かはらむといのるいのちはをしからで　さてもわかれんことぞかなしき
③『赤染衛門集Ｉ』（『私家集大成』所収本、五四一～五四三番歌）
挙周かいつみはてゝのほるまゝに、いとをもうわつらひしに、すみよしのしたまふと人のいひしか、みてくらたてまつられしにかきつけし
たのみては久しくありぬ住吉の　まつこのたひはしるしなんみせてよ
千世へよとまたみとりこに有しより　たゝすみよしの松をいのりき
かはらむといのる命はおしからて　わかるとおもはん程そかなしき
奉りての夜、人の夢に、ひけいとしろき翁、このみてくらを三なからとるとみて、おこたりにき
④『玄玄集』（『新編国歌大観』所収本、一三九番歌）
たかちかがわづらひけるに
かはらんとおもふいのちはをしからで　わかれむほどぞかなしかりける
⑤『袋草紙』「希代歌」（『日本歌学大系　二』所収本）
赤染衛門

かはらむと思ふ命はをしからで　さてもわかれむことぞかなしき

たのみては久しく成ぬみよのまつ　まづ此度のしるし見せなむ

千世ませとまだ緑子に有りしより　たゞ住吉の松をいのりき

是江挙周、和泉去レ任之後、重病悩而有二住吉之御祟一之由にて、仍奉二幣彼社一之時、三本幣ニ各所レ書歌也。其時人夢ニ白髪老翁社中より出来取二此幣一入云々。其後病平癒云々。

⑥『和歌威徳物語』（古典文庫三九九所収本）

大江挙周《おほゑのたかちか》和泉《いづミ》の任《にん》さりて後《のち》、病《やまひ》をもくしてたのミなかりけるが、是住吉《すミよし》の御たゝりのよしを聞て、母赤染衛門《はゝあかそめゑもん》大きにかなしひなげきてさま〴〵おこたり申て、我命《わがいのち》をめしてかれを助《たすけ》させ給へと祈《いのり》申て、御幣《ミてぐら》に書て御社《ミやしろ》に奉りけるうた

替《かハ》らんといのるいのちハおしからで　さてもわかれんことぞかなしき

とよミて奉りければ、其夜《そのよ》の夢に白髪《はくはつ》の老翁《らうおう》此幣《このへい》をとりて打ゑむとミて、やまひすなハちいゑにけり

⑦『和歌奇徳物語』（古典文庫三九九所収本）

赤染衛門か事

衛門ハ平の兼盛か女なり、上東門院に仕へ奉り栄花物語を作り御堂関白通長（ママ）公の栄花の事を書たる草紙なり、哥ハいつミ式部とならひたる作者なり、大江匡衡《まさひら》とて世にかくれなき学者の妻なり、

子のミちか《挙周》いつミの任すぎてやもふにふしゝぬへくばかりおもかりけるに、幣を住吉明神へ奉り、子のやまひをすくひたび給へとて、三本のぬさにおの〳〵哥を書付ける

　かわらんとおもふいのちハおしからて　さてもわかれん事そかなしき

　たのめてハ久しくなりぬすみよしの　まつ此たひのしるしめせなん

　千とせよとまたみとり子[欠]　たゝすみよしの松をいのりき

其時夢に白髪の老翁かのぬさをとりて御社のうちにいると見へてのち、やまいやかていゑけるとなん、神明のかんおふハ皆わか心のまことよりいたす、人これをおもへ

⑧『今昔物語』巻二四—五一（岩波『日本古典文学大系』所収本）

今ハ昔、大江ノ匡衡ガ妻ハ、赤染ノ時望ト云ケル人ノ娘也。其ノ腹ニ挙周ヲバ産マセタル也。其ノ挙周、勢長ジテ、文章ノ道ニ止事无カリケレバ、公ニ仕リテ、遂ニ和泉守ニ成ニケリ。

　其ノ国ニ下ケルニ、母ノ赤染ヲモ具シテ行タリケルニ、挙周不思懸、身ニ病ヲ受ケ、日来煩ケルニ、重ク成ニケレバ、母ノ赤染歎キ悲テ、思ヒ遣ル方无カリケレバ、住吉明神ニ御幣ヲ令奉テ、挙周ガ病ヲ祈ケルニ、其ノ御幣ノ串ニ書付テ奉タリケル、

　カハラムトヲモフ命ハオシカラデ　サテモワカレムホドゾカナシキト。其ノ夜遂ニ愈（ママ）ニケリ。

（以下略）

⑨『沙石集』第五末—一（岩波『日本古典文学大系』所収本）

大江挙周病重クシテ、タノミナカリケリ。住吉ノ御タ、リナリケレバ、母、赤染衛門ヲコタリ申テ、我命ニカヘテ、タスケ給ヘト祈ツ、、御テグラニ、カキテ奉ル。

　カワラムト祈ル命ハヲシカラズ　サテモワカレム事ゾカナシキ

其夜、白髪ノ老翁、此幣ヲ取ト夢ニミテ、病イエニケリ。

⑩『十訓抄』第十ノ一五（『日本文学全書』所収本）

江華周《（ママ）》、和泉の任去りて後、病重かりけり。住吉の御崇《（ママ）》あるよしを知りて、その母赤染衛門、

　かはらんといのる命は惜しからで　さても別れんことぞ悲しき

とよみて、みてぐらに書きて、かの社に奉りければ、その夜夢に、白髪老翁ありて、この幣を取りて見て、病愈《（ママ）》えぬ。

⑪『古今著聞集』「和歌」第六（『日本文学全書』所収本）

江挙因《（ママ）》和泉の任去りて後、病おもかりけり。住吉の御崇《（ママ）》のよしを聞きて、母赤染衛門大隅守源時用女或順女云々

　代らんといのる命はをしからで　さても別れんことぞかなしき

とよみて、御幣に書きて、かの社に奉たりければ、その夜の夢に、白髪の老翁ありて、この幣をとると見て、病愈《（ママ）》えぬ。

⑫同「孝行恩愛」第十（『日本文学全書』所収本）

式部大輔大江匡衡朝臣息、式部権大輔挙周朝臣、重病を受けてたのみすくなく見えければ、母赤

染衛門住吉に詣て、七日こもりて、此度助かりがたくは、速に我命にめしかふべしと申して、七日に満ちける日、御幣のしてにかきつけ侍りける。

かはらんといのる命はをしからで　さてもわかれんことぞかなしき

かくよみて奉りけるに、神感ありけん、挙周が病よくなりにけり。母下向して、悦びながらこのやうを語るに、挙周いみじく歎きて、我いきたりとも、母をうしなひては何のいさみかあらん、かつは不孝の身なるべしと思ひて、住吉に詣でゝ申しけるは、母われにかはりて、命をふるべきならば、速にもとの如くわが命をめして、母を助けさせ給へと、段々いのりければ、神あはれみて、御たすけやありけん、母子共に事ゆゑなく侍りけり。

⑬『撰集抄』巻六「後冷泉院之事」（岩波文庫所収本）

哀はかなき世中かな。誰か一人としても、此世にとまり果てんやはある。王母一萬の寿算も夢のごとし。

かはらんと思ふ命は惜しからで　さてもわかれん事ぞかなしき

とよみて、住吉の明神に祈りし母もとゞまらず。祈られし子も、百の命をや過ぎし。百年過るほどなき、たゞ夢のこゝちして侍り。

以上、赤染衛門が子挙周の病治癒を住吉神に祈ったとする伝を各文献から拾った。伝の拡がりを確認する為のことである。

内容的には大同小異であり、

(ア)息男挙周が死に瀕する大病を患った。
(イ)世間の人は住吉神の祟りだといった。
(ウ)母赤染衛門は住吉社に参籠し、平癒を祈った。
(エ)その時、赤染衛門は和歌三首を三本の幣に記し、わが命と交換する条件をもって祈った。
(オ)満願日、白髪老翁の住吉神は幣を受納し、挙周の病は癒えた。

というものである。

この話は、和歌の徳と考えられたり、わが命を投じて子を救わんと思う母の愛情に神が感応したと考えられたりする。全体としては「怨」ずる心の強い「たのみては」歌および「千世ませと」歌よりも、母親の真（心）情が吐露される「かわらんと」歌が諸書に掲げられることになる。況や『住吉松葉大記』が藤井懶斎の『本朝孝子伝』（貞享元年〈一六八四〉刊）を引き、

挙周知レ之不レ楽、潜往二住吉一入レ廟泣曰、嚮也我因二神徳一幸獲レ不レ死、無レ可二以報賽一焉、然與レ母易二死生一我之所レ不レ忍也、切冀我病如レ始而母無レ恙、懇祈累レ日而後還レ洛然其身不二復病一母亦得レ寿、是神社二於挙周之孝一乎云々

というにおいてをや。前掲⑫が語るところはこれである。『住吉松葉大記』はもちろん、『和論語』にも、石門心学者布施矩道『松翁道話』（国書出版会社、明治二十五年）二編巻之中にも引かれている多

田満仲への託宣

吾無レ心　以二忠孝一為レ心

吾に心無し、忠孝を以て心と為す

に適うものとなる。

元来、「住吉神の祟り」による病であると伝えられていた故、住吉神への祈請は当然かも知れない。そこで、もし病気を与えたのが住吉神であり、古くから赤染衛門が信仰していたとしても、その住吉神に治してくれと祈らなければならない必然性はない。「古くから祟め信仰しているのに、何故？」という怨みはあったとしても、である。この場合、やはり住吉神に対して除病信仰の心性が存したと考える方が妥当であろう。

四　住吉神は除疫神

関根慶子氏他著『赤染衛門集全釈』（風間書房、昭和六十一年）に依れば、大江挙周は「寛仁三年（一〇一九）春から治安三年（一〇二三）春までの四年間和泉守の任にあった」とされている。故に、

①挙周和泉任はてて、

②挙周がいつみはてゝ、

⑤是江挙周、和泉去レ任之後、

等とあるこの件は、治安三年春の出来事であったことになる。ただし、⑧『今昔物語』のみは赴任後のこととしている。それでも季節は「春」となるか。

この「春」という季節こそが問題である。春季は疱瘡あるいは麻疹の流行する時期である。疱瘡と麻疹は「疱瘡は面定め、麻疹は命定め」と俗言されるが、古く両者に明確な区別はついていなかった。しかし、十日から十四日とされる潜伏期を勘案すれば、所謂「天行病」が思われる。

赤染衛門に住吉神が天行病の神とて信仰された所以は、幾つもある。

㈠住吉大社の大祭が夏越の荒和祓であること。疫癘が疫鬼のなせるところと考え、大祓が行われた。よく知られることではあるが、天延二年（九七四）には建礼門および朱雀門にて疫疾流行の為の大祓が行われたのである（『日本紀略』天延二年八月二十八日条）。罪穢を解除するに力あるとされる大祓を住吉社は式日を定めた大祭としているのである。加えて、この時「茅の輪くぐり」の神事も行われている。

㈡住吉神は所謂「三韓征伐」の折、大将軍であった。故に、住吉神は「三韓」に打ち勝つ力があると信仰された。

㈢廃仏毀釈の折、蕃神（仏）を捨てたのは住吉社社頭「難波堀江」であること。第一次廃仏毀釈の折も、第二次廃仏毀釈の折も、事の直接的因は疫疾流行にあった（『日本書紀』欽明天皇十三年冬十月条、敏達天皇十四年春二月条）。

㈣住吉神宮寺は本尊を薬師如来とする。神宮寺は別称を「新羅寺」という。なお、住吉社第一本宮の本地も薬師とする説がある。

㈤住吉社は和歌の神とて信仰されるが、和歌には疫鬼を和ませるに力があると信じられた。それは『古今集』序に「力を入れずして天地を動かし、目に見えぬ鬼神をもあはれと思はせ――動天地、感鬼神――」とあることによる。故に、痘瘡・麻疹の護符には和歌を記した品が多く認められる。当該赤染衛門の「かはらんといのる命は」歌も疫病除の和歌として報告されている。

五　挙周「住吉ノ御祟り」を被ること

古典文庫所収本『本朝語園』巻二、七十六話に

赤染《アカゾメト》與二挙周《タカチカ》一祈《イノル》二於替《カハラントメイヲ》レ命　古今著聞集

大江匡衡《ヲホエンマサヒラ》カ妻《ツマ》ハ赤染　時用《アカゾメノトキモチ》カ娘《ムスメ》　赤染　衛門《アカゾメノヱモン》ナリ、其ノ腹《ハラ》ニ式部《シキフ》ノ権太夫《ゴンダイブ》挙周《タカチカ》ヲ産《ウミ》タリ、挙周文章《ブンシヤウ》ノ道《ミチ》ニ止事《ヤンゴト》ナカリケリ、此ノ挙周カ官望《ノゾ》ミケルトキニ母《ハヽ》ノ赤染御《アカゾメミ》堂殿《ダウドノ》ヘヨミテ奉リケル哥

思へ君頭《カシラ》ノ雪《ユキ》ヲ打拂《ウチハラ》ヒ　キエヌ先《サキ》ニトイソク心ヲ

此ノ哥ヲ御覧ジテイタク哀《アハ》レガラセ玉ヒ和泉《イヅミノ》守ニ成《ナサ》レニケリ、カクテ挙周思ヒカケズ身ニ病《ヤマヒ》ヲ受《ウケ》テ煩ヒケルニ重《ヲモ》ク成ニケレバ母ノ赤染ナゲキ悲《カナシ》ミ思ヒヤル方《カタ》ナカリケリ、住吉《スミヨシ》ノ御祟《ンタヽ》リナリト云ヘバ詣《マウデ》テ色々《イロく》ヲコタリ申ケル、此ノ度助《タビタスカ》リカタクハ速《スミヤ》カニ我ガ命《メイ》ヲ召《メシ》テ彼《カレ》ヲ助《タスケ》玉ヘト御幣《ミテグラ》ヲ

奉ルニ其ノ串《クシ》ニ書付ケケル
　替《カハ》ラント祈《イノ》ル命ハ惜《ヲシ》カラデ　サテモ別レン程《ホド》ゾカナシキ
其ノ夜ノ夢《ユメ》ニ気《ケ》タカキ老翁《ラウヲウ》ノ此ノ幣《ミテグラ》トルト見テヨリ挙周《タカチカ》ガ病《ヤマヒ》愈《イヘ》ニケリ、母下向シテ悦《ヨロコ》ビナガラ此ノ様《ヤウ》ヲ語ルニ挙周イミシク歎《ナゲ》キ、我生《レイキ》タリトテ母ヲ失《ウシナ》ヒテハ何《ナンノ》益《ヱキ》カアラン且《カツ》ハ不孝ノ身ナルベシト思ヒテ、又住吉ニ詣《マフデ》テ申ケルハ母吾《ハヽワレ》ニ代《カハ》リテ命終《チヲハ》ルベキナラバ速《スミヤ》カニ元《モト》ノ如ク我カ命《チ》ヲ召《メシ》テ母ヲ助《タス》ケサセ玉ヘト祈誓《キセイ》申ケルニ神アハレマセ玉ヒケルニヤ母子トモニツヽガナカリケリ、

とある。この――線部分「住吉ノ御祟リナリ」部分について言及された事はない。一体、和泉守大江挙周に何の過失があったのか。住吉信仰史の問題としては少なからず気にかかるところである。

そもそも大江挙周は、『二中歴』（前田尊経閣文庫本複製）二「儒職歴」に三条院および後三条院の学士侍読、万寿二年（一〇二五）に文章博士に任ぜられたことが録されており、文章の人であった。つまり、家学を良く守り得たのである。この彼の立場が----線部「挙周文章ノ道ニ止事ナカリケリ」ということになる。

儒者大江挙周は、寛仁三年（一〇一九）春から治安三年（一〇二三）春までの間、和泉守として住吉神鎮座地に程近い和泉国へ赴任し、住吉神の祟りを被ったのである。挙周は和泉守であるから職にある間は和泉国一宮大鳥神社によるべきである。しかし帰るさの住吉神参詣は可能であったろうし、和泉国宿院での住吉社「荒和祓」へ詣ずることも出来たはずである。にも関わらず「祟り」にあたっ

たのは、住吉神に対して非礼の点があったと思量せざるを得ない。

非礼の内容の一つとして考えられるのは、挙周が儒者であったところに起因する。『和論語』（寛文九年版、八木架蔵）巻一は鹿島大明神々託を次の如く録す。

われつねに、此あし原《はら》の中津国《なかつくに》の衆生《しゆじやう》をめぐみ、天《あめ》の神《かみ》のみことのりをうけ、異朝《いてう》の凶徒《けうと》をしりぞけ、天魔《てんま》地魔《ぢま》の鉾《ほこ》さきをくだく。此国《このくに》のもの一人もわが神徳《しんとく》を蒙《かうむ》らずと云《いふ》事なし。神明《しんめい》につかへまつるもの、国《くに》におほき時《とき》は、我《われ》ちからをえて、魔軍日《まくんひ》の下《した》の雪《ゆき》のごとくに消失《きえうせ》ぬ。国《くに》に神《しん》明《めい》につかゆるものすくなき時《とき》は、我《わか》ちからおとろへて、毎度《まいど》に心をくるしむ。魔力《まりき》はやゝもすればつよく、神力はやゝもすればよはし。是唯《これたゝ》もろ〳〵の人の心、或時《あるとき》は月氏国《けつしこく》のをしへにうつり、或時は西《さい》天の教《をしへ》にはしりて、神道《しんとう》をおもふものなきが故《ゆへ》に、我《われ》つねにくるしむ。いこくのをしへも、わが神道《しんとう》の潤色《じゆんしよく》ならは用てもよし。一向《こう》に本《もと》をすてゝ末《すへ》にちかづき、もとの心をうしなへるぞくるしき。

また、『同』巻二末に「大織冠いはく」として、次がある。

もろこしのふみをみならひ、西《さい》天のをしゑを修《しゆ》しえて、わが日の本の神明《しんめい》のみことのりをみて、あさはかにおもはん衆生《しゆしやう》をば、我《われ》その家にいたりて、或《あるひ》はみどり子を失《うしな》ひ、或はおもき病《やまひ》をさづけ、そのしたかふものをしりぞけ、或《あるひ》は火乱神《くわらんしん》をして焼《やき》ほろぼさん。西天《さいてん》・震旦《しんたん》のをしへをきらへるにはあらず。本《もと》をすてゝ末《すへ》を取《とる》事をいふなり。仏法《ふつほう》・儒道《じゆどう》も、吾神道《わかしん》の潤色《じゆんしよく》とせんは尤《もつとも》このむ心なり。神明のおきてをして儒仏《じゅぶつ》の潤色とするなかれ。

要するに、和を忘れていた、あるいは和に心を尽さなかった故に、和の代表たる住吉神が祟りをなした、と思量される。

住吉神の祟りによって、挙周は病を得たのであるが、病は人を苦しめる。例えば『宝物集』（九冊本、古典文庫所収）二に「八苦」を説いて、

第三に、病苦を申さば、四百四首の病、一つとして安き事なし。かしらいたみ、身ほとをり、はらふくれ、むねさはぐ、いづれかたゝ（へ）し《ミ》のぶべきはある。しかのみならず、子やめば親もやむ、妻やめばおつともやむ、五体身分のいたきのみにあらず、物心ぼそく、後世のおそろしく、命のおしきく（苦）の有るなり。

と謂うが如くである。挙周の場合には、麻疹あるいは疱瘡であったろうが、祓いの神は避病・除病の神でもあった。住吉神は祓の神として信仰されたのであるが、解除が除病に力有るとする考えは、『和論語』に聖徳太子の語として録されている。

A『和論語』巻二「人皇幷親王部」

厩戸皇子《むまやとのわうじ》賢曰、夫吾国《それわかくに》の解除《はらい》は、もろ〳〵の災難《さいなん》をのぞき、万病《よろつやまひ》を治《ち》し、老《おひ》を若くし、枯《かれ》たる木に花をさかし、物《もの》をしてしたがへざるはなし。故《ゆへ》に不老妙術《ふらうめうじゅつ》にして、不死《ふし》の良薬《らうやく》なり。故に言語《ごんご》の最頂《さいちやう》 諸法心地《しよほつしんち》万行の源《まんぎやうみなもと》 是《これ》也。法《ほう》の中《うち》には是を秘《ひ》して、如来《によらい》の心源最第一《しんげんさいたいいち》とつたふものな

り。

B『和論語』巻八「釈氏部上」

聖徳太子宝勅《しやうとくたいしのほうちよくに》曰。吾神明《わかしんめい》の解除《はらい》は、もろ〳〵の病《やまひ》をなをしおさめ、老《おひ》せぬ身《み》のたへなる道なり。うせぬる身なきの良薬《らうやく》なり。されば言葉《ことは》最尊《さいそん》にして、もろ〳〵の法の心地・万行《まんきやう》・万善《まんせん》のみなもとなれば、此国は是即身是《これそくしんぜ》神是《しんぜ》仏《ふつ》のところなれば、人の国吾国《くにわかくに》の人なべて神徳《しんとく》を蒙《かうふ》るべし。おろかなる心あらんものは、水のものにしみわたれるがごとくにして、日に月にかさねて根の国にいり落《おつ》べし。

C『神意』（安永七年年紀施印本、八木架蔵）

聖徳太子御釈曰、解除《はらい》ハ百福を成就し、万病を治療《ぢりやう》す。則不老の妙術、不死の良薬なり。故ニ言語の最頂《さいちやう》諸法の心地万行のみなもと是也。

上の聖徳太子語と伝えるところのものは、『中臣祓訓解』（日本思想大系『中世神道論』所収本、築島裕氏の訓み下し文に依る）に

祓、此れを神代ノ上《かんづまき》ニハ、逐之《ヤラヒマス》ト曰フ。此には波《は》羅《ラ》賦《へ》と云ふと云々。其の実ヲ考《カンガ》ヘ挍《カンガ》フルニ、智恵の神力ヲ以て怨敵四魔ヲ破す。祭文の本紀ニ曰はく、「三世ノ怨敵ハ、境を隔てて近からず。万人ノ悪念ハ、境を越えて遠ク滅ス。凡そ三災七難は、湯《ユ》ヲ以テ雪ヲ消すが如し。百毒九横は、水を以て火ヲ消すが如し。万悪千害ハ、火を以て毛を焼くが如し。然れば則ち、悪鬼万里ニ別れ

テ、七難近づきテ起らず。堅牢五帝ヲ催し、万福近づきテ来生ス。此の一度の祓、百日の難除《のぞこ》リ、

百度ノ祭文、千日の咎捨ツ」と云々。

とあるものと同根である。ここに住吉神が除疫神としての信仰を得る基が認められる。

六　おわりに

以上、『住吉開口大略絵詞伝』を住吉信仰史を考える資料として開示し、また赤染衛門の和歌を中心に住吉神信仰史に疫癘除の信仰のあることを述べた。最後に狂歌二首を掲げておく。

住吉の浦をわするといふ事を　負米

病気もわすれ草なれ楽天の　しをかへしたる住吉のうら

（『狂歌板橋集』文政六年刊）

麻疹を久しく悩みて平臥せし人に

難波橋か天神はしか知らねとも　渡りものには長うかゝるに

（『狂歌かゝみやま』宝暦八年刊）

二　『住吉物語』の祖型

坂本　信道

一　霊験譚の不均衡

平安時代、たとえば『伊勢物語』第百十七段、帝の住吉行幸のおりに現形《げぎょう》して和歌の贈答をしたことなどで遍く知られ、和歌の神として名高かった住吉社であるが、こと物語の世界に限って見れば、それほど多く登場するわけではない。『うつほ物語』で難波の祓《はらえ》のついでにわずかにその名が見えるほかは、『源氏物語』明石一族の栄達が、父明石の入道の、住吉社への篤信によって導かれる霊験譚であることが挙げられる程度に過ぎない。実際の隆盛に反して、平安物語文学において住吉信仰は、意外に影が薄いと言わざるを得ない。

『枕草子』で、

物語は、住吉。宇津保。殿うつり。国譲はにくし。埋木。月待つ女。梅壺の大将。道心すすむる。松が枝。こまの物語は、古蝙蝠《ふるかはほり》さがし出でて持て行きしがをかしきなり。ものうらやみの中将、宰相に子生ませて、かたみの衣などこひたるぞにくき。交野の少将。

（『枕草子』「物語は」の段　小学館新編日本古典文学全集　第百九十九段）

と筆頭に挙げられる『住吉物語』も、「住吉」の地名を冠しながら、住吉社との関わりは、その構想上ほとんどないと言ってよい。行方知れずになった姫君探索に、男主人公四位の少将が訪れる地が住吉に設定されているが、住吉社は次の二箇所に登場するだけである。なお、本稿での『住吉物語』の引用は、特記以外は小学館新編日本古典文学全集により、参照に資するためそのページ数を記した。『能宣集』以外の和歌は、新編国歌大観によった。

東を見たまへば、音に聞きし住吉の神、目のあたりに見えたまふ。

（『住吉物語』下巻・一〇〇ページ）

「このあたりに、さるべき人や住みたまふ」とのたまへば、「神主の大夫殿こそ住みたまへ」と申せば

（下巻・一一四ページ）

住吉という当時有数の神域を舞台とし、その名を冠しているにもかかわらず、住吉の神とほとんど無縁であり、むしろ長谷寺の霊験譚とも言いうるこの物語は、いかなる構想のもとに作られているのであろうか。

誰しも気づくことであるが、『住吉物語』の王朝物語としての異常さは、実のところ、長谷寺霊験譚の物語全体に占める分量にある。異文が多くさまざまに系統分類できる『住吉物語』であるが、上巻が姫君の失踪まで、下巻が四位の少将による姫君探索という内容は諸本一致している。下巻の始まりからまもなく、四位の少将（中将に昇進しているが、便宜上、本稿では初出時の官位、四位の少将の呼称を用いる）は、「長月のころ、長谷寺に詣でたまひて、七日籠りて、また異ごとなく祈り申させたまひけり」（下巻・一一〇ページ）と、長谷寺に参籠し、「おはし所を知らさせたまへ」と姫君のありどころを尋ねる。その折の夢告によって得られた歌、

わたつ海のそことも知らずわびぬれば住吉とこそ蜑《あま》はいふなれ

により、四位の少将は長谷寺から一路、住吉へ向かい、ついには姫君と邂逅、そのまま引き連れて帰洛し、大団円を迎える。

昔も今も、長谷寺の観音の御しるし、いとあらたにぞおはしける。情けある人は、行く末はるばると栄え、心あしき者は、目の前に衰へ失するなり。（下巻・一三六ページ）

という、下巻末の長谷寺信仰慫慂の記述については、中世になって付加されたとも言われているが、いずれにしても、下巻全体がこうした長谷寺霊験譚として構成されていることに変わりはない。作品の半分を霊験譚が占めるということは、他の王朝物語には例を見ないことであり、ここに現存『住吉物語』の特徴があるとも言えるが、改作により霊験譚としての要素が強まった結果、本来の王朝物語

としての性格が希薄になったとも考えられる。古本『住吉物語』から現存本（あるいは現存本の共通祖本）への改作が、『枕草子』や『源氏物語』に先立つころであるか、あるいは霊験譚隆盛の鎌倉時代であるか、いまだに確証は得られていないが、現存『住吉物語』における霊験譚について、あらためて考えてみる必要があるように思われる。改作以前の『住吉物語』とは、どのような物語であったのだろうか。

二　霊験譚としての異質さ

散逸してしまった古本『住吉物語』と、現存『住吉物語』との関係のうち、長谷寺霊験譚の部分に関しては、古本『住吉物語』もすでに霊験譚であったとする、石川徹が「古本住吉物語の内容に関する憶説」（『中古文学』第3号、一九六九年三月）において述べた、次のごとき見解が踏襲されている。

①恋の成就や尋ね人など現世の幸福を求めて長谷寺観音に参籠するのは、平安中期以前からの習俗であって、この長谷詣を鎌倉期以降の改作とするのは当らないと思う。

②現行本巻末に見える長谷寺観音信仰の押し付けは中世期の後補に相違ない。

「現行本同様、古本にも長谷参籠の話が書かれていたとすべき」として、古本にも霊験譚としての要素がすでにあったことを石川は推測する。たしかに長谷寺観音信仰が平安中期から盛んであったことはいうまでもないのであるが、現存『住吉物語』ではその霊験譚が物語の分量の半ばを占め、物語の後半はほぼ霊験譚として構想、展開されているという点が、物語としては特異である。私見によれば、古本における霊験譚の有無は、時代背景としての観音信仰の有無とは別途に考えるべき問題ではないかと思われる。なぜならば、古本『住吉物語』の内容を伝える資料には、霊験譚としての性格をまったく窺うことができないからである。

堀部正二『中古日本文学の研究』（一九四三年　教育圖書）によって初めて紹介された異本『能宣《よしのぶ》集《しゅう》』に載る古本『住吉物語』に関する和歌は七首であるが、霊験譚の持つ「祈願」と「効験」とに着目して見たばあい奇異の感を拭えない点がある。

忍びて住吉に通ふとて、夜更けて、八月ばかり、神奈備の森のわたりを行くとて

かみなみの森の下草木隠て夜半にかよふと人知るらめや　（異本『能宣集』三二六番）

四位の少将が、長谷寺観音に祈願した結果、行方知れずになった姫君が住吉にいることを夢告によって知り、尋ね出して再会を遂げた後の場面である。「忍びて住吉に通ふ」とあるので、四位の少将は姫君発見ののちも、都から住吉へ赴いて逢瀬を重ねていたことになる。異本『能宣集』によれば、三一八番歌も同じ道中での詠であり、また、摂津の国逍遙の折、「右兵衛佐」が同道し、摂津の「守《かみ》」が歓待したために、四位の少将（異本『能宣集』では「侍従」と呼ばれる）は姫君のもとを訪れることができないという三一九番、三二〇番の詠によっても、姫君を住吉に住まわせたまま通っていたとい

うことが知られる。一方、現存『住吉物語』では、再会するとすぐに姫君を都へ連れて戻るという筋になっていて、古本とは大きく異なる内容になっている。この違いについて、「侍従（稿者注――現存『住吉物語』では四位の少将）がそうせざるを得ない必然性があったものと見なければならない」とし、継母北の方による姫君への迫害を背後に想定する藤村潔「源氏物語に見る原拠のある構想とその実態」（『藤女子大学・藤女子短期大学紀要』第9号第Ⅰ部、一九七二年一月）の見解もあるが、本稿では霊験譚としての形式の点から考察を進めることとし、物語内の事情探索については今は措く。

霊験譚を形式から見たばあい、常識的には、「祈願」と「効験」は明確に対応するべきであって、その対応が顕著であるほど、その神仏の霊験はあらたかということになることは言を俟たない。とすれば、長谷寺参籠で得た夢告で姫君を見出し、都に連れ戻って暮らすという内容の現存『住吉物語』に較べると、発見後も姫君を住吉に残して苦難を押して都から住吉へ通い続けるという古本『住吉物語』は、霊験譚としての効験においてはいささか物足りない、ということになりはしまいか。継母による迫害が熾烈であろうと、そうした人為をものともせず打破するというのが、霊験譚の本来的なありようであるはずである。ある意味、中途半端とさえ言える古本『住吉物語』の姫君との再会とその後の顚末を見るかぎり、はたして霊験譚としての性格を備えていたのか、という原初の疑念に立ち戻らざるをえないのではなかろうか。

これ以外にも、異本『能宣集』などに見える古本の内容を窺わせる資料には、霊験譚的要素を含む場面は、まったく見えない。

異本『能宣集』は、「住吉の物語、絵に描きたるを、歌なき所々にあるべしとて、ある所の仰せ言にて詠める」との詞書に明らかなように、『住吉物語』を描いた屛風絵に、求めに応じて能宣が和歌を詠み添えたものであり、少なくとも詞書は古本『住吉物語』の内容を、たしかに反映しているということになるが、前掲三一六番歌以外の詞書にも、霊験譚の要素は皆無である。私家集大成所収『能宣Ⅲ』によって本文を示す（表記は私に改めた）。

侍従の、姫君求めに、双《ならび》の池のいひのつらにゐたる所　（三二八番）

住吉に行きて、縁の端におしかかりて、右近の君（＝姫君の乳母子。現存本では侍従）にあひて、立てる所　（三二九番）

同じ道に、鹿の、萩の花の中に鳴くを　（三一七番）

右兵衛佐もろともに、津の国に行きたれば、守、待ち迎へて、浜のほとりの野辺にて、逍遙する所にて　（三一八番）

かくて逍遙の所より、暗くなるは、いつしか住吉へ往なむと思ふを、津の守、兵衛の率《ゐ》て行けば、侍従もえとまらで、心にもあらで行くとて　（三一九番）

侍従の、内裏にさぶらふほどに、八月、野分のいみじくしたれば、住吉を思ひやる。かしこもいたう吹きこぼたれて、心細しと思ひて姫君のある所　（三二〇番）

先にも述べたように、これらの詞書から推察される古本『住吉物語』の内容は、住吉で姫君に巡り会った後も、主人公は都から住吉に人目を忍んで通っているということのみであり、長谷寺観音の霊験は微塵も描かれていない。もちろん、屏風絵に長谷寺に関する場面が描かれていなかったから、霊験譚めいた要素が詞書にもないと考えることも可能であろう。しかしながら、現存『住吉物語』の半分を占める長谷寺の霊験譚の枢要、物語の山場と目される住吉で姫君と再会を果たすという場面を絵画化したものでありながら、その詞書に霊験めいたことが全く触れられていないということは、やはり、かなり奇異で不自然だということができるのではなかろうか。これらの残存資料からは、古本『住吉物語』は、男主人公が住吉という土地で姫君との再会を果たす恋物語であること以外、確かなものは何もないと言うべきである。桑原博史（『中世物語研究—住吉物語論考—』一九六七年　二玄社）の言うように、もともと霊験譚はなかったという論について、再考する必要があるのではなかろうか。通常の霊験譚であれば、霊験により邂逅した後は大団円になるはずのところが、古本『住吉物語』では効験が徹底して述べられていないのである。

三　歌物語的古態を保つ恋物語

古本『住吉物語』で、姫君との再会後、男君が都から住吉へひそかに通っていることは前掲の詞書によって明らかであるが、その恋の形態は、『うつほ物語』『落窪物語』『源氏物語』などの、いわゆる作り物語と呼ばれる一連の王朝物語に描かれた恋の形態とは、ずいぶんと異なっているように思われる。都に住む男が、「夜更けて、八月ばかり、神奈備の森のわたり」（三一六番歌詞書）を経て住吉に住む姫君のもとへ通うという設定から想起されるのは、むしろ、『伊勢物語』に描かれた恋の世界である。「神奈備の森」は、高市郡明日香村、生駒郡三郷町など諸説があって比定しがたいが、いずれにしても現在の奈良県にある地であり、そこを経て住吉へ通うとなると、実際には一夜のうちに辿り着くことのできるような距離ではないし、男君の身分・家柄からしても、頻繁に通うことができるはずもない。あまり現実的でない、ある意味で説話的な設定であるが、目をもう少し古い時代に転じてみると、こうした恋物語がしばしば語られていることに気づく。たとえば『伊勢物語』第六十五段の、

この男、人の国より夜ごとに来つつ、笛をいとおもしろく吹きて、声はをかしうてぞあはれにうたひける。かかれば、この女は蔵にこもりながら、それにぞあなるとは聞けど、あひ見るべきにもあらでなむありける。

さりともと思ふらむこそ悲しけれあるにもあらぬ身をしらずして

と思ひをり。男は、女しあはねば、かくし歩きつつ、人の国に歩きて、かくうたふ。

（『伊勢物語』第六十五段　新編日本古典文学全集）

というような、男が蔵に閉じこめられた女のところへ他国から通って来るといった状況。あるいは、

幼なじみの男女の物語、筒井筒の後日談、

さて年ごろふるほどに、女、親なく、頼りなくなるままに、もろともにいふかひなくてあらむやはとて、河内の国、高安の郡に、いき通ふ所いできにけり。さりけれど、このもとの女、あしと思へるけしきもなくて、いだしやりければ、男、こと心ありてかかるにやあらむと思ひうたがひて、前栽のなかにかくれゐて、河内へいぬるかほにて見れば、この女、いとよう化粧じて、うちながめて、

風吹けば沖つしら浪たつた山夜半にや君がひとりこゆらむ

とよみけるを聞きて、かぎりなくかなしと思ひて、河内へもいかずなりにけり。

（『伊勢物語』第二十三段）

のごとき、大和国から河内国高安へ生駒山を越えて男が夜に通うといった状況などに、古本『住吉物語』に見られる、男君の住吉通いはより近いということができるのではないか。困難な状況、しかもやや現実離れした障害を乗り越えて、男がはるばる女のもとへ通うというこうした恋物語は、『源氏物語』などに描かれた、現実味の強い恋物語よりは一段神話的な、古態を存した恋物語ではないかと考えられる。宇治十帖における薫の宇治探訪の現実に即した設定と比較しても、古本『住吉物語』の恋物語の、古代説話的性格は明らかであろう。古本『住吉物語』は残存資料から窺うかぎり、霊験譚というより、『伊勢物語』前掲章段などに見られる、古い形態の恋物語としての性格を備えていると

言ってよいであろう。

古態という点に関して言えば、古本『住吉物語』に大和の地名が多く登場していることも看過できまい。古本『住吉物語』の内容を伝える資料である『大斎院前《だいさいいんさきの》 御集《ぎょしゅう》』には次のようにある。

　同じ月廿よ日、住吉の御ゐうせたりときゝて、馬

すみよしのみむろの山のうせたらばうき世の中のなぐさめもあらじ

　返し、宰相

すみよしのなもかひなくてうきことをみむろの山に思ひこそいれ

（『大斎院前御集』二三八番・二三九番）

「みむろの山」が散逸古本の中でどのように描かれていたのか詳細は不明であるが、何らかの事情で「みむろの山」へ籠居するというような事態があったと考えられよう。三室の山は、奈良県桜井市の三輪山、おなじく高市郡明日香村の雷岳、生駒郡の神奈備山など諸説あって決しがたいが、前掲「神奈備の森」との関わりで言えば、神奈備山として、古本『住吉物語』に見えていたとするのが妥当であろうか。

また、現存『住吉物語』には諸本共通で一首の長歌が存する。歌枕を連ねるのは長歌の詠み方の特徴とはいえ、そこに「ますだ」、「とをちの山」（ともに奈良県橿原市）の地名が見られる。この両者については、「平安文学に用例は散見するものの決して多くはない」「共に一条朝頃の平安文学の代表作

品に用例をみつけ得ない」との武山隆昭の指摘（『住吉物語の基礎的研究』一九九七年　勉誠社、三六ページ）もあり、物語の舞台として古態を感じさせるものであると言えよう。

四　物語の逍遙

右兵衛佐もろともに、津の国に行きたれば、守、待ち迎へて、浜のほとりの野辺にて、逍遙する所にてかりにとて都はたれも出でしかどいまは帰らん心地こそせね　（異本『能宣集』三一八番）

かくて逍遙の所より、暗くなるは、いつしか住吉へ往なむと思ふを、津の守、兵衛の率て行けば、侍従もえとまらで、心にもあらで行くとて

下紐のとくらむ方を振り捨てて行く夕暮の道ぞ物憂き　（異本『能宣集』三一九番）

ようやく姫君のありどころが住吉であることを突き止め、再会を果たした男君であるが、姫君のもとを訪れようとするとさまざまな邪魔が入る。「津の国」の「浜のほとり」とあるので、難波への逍遙である可能性が高いが、摂津の守が男君を歓待してなかなか離してくれず、同行した右兵衛佐の目もあって、姫君と会うことができない。そのため男君が悶々と焦られ続けるという場面であろう。これはたとえば、

野に歩けど、心はそらにて、今宵だに人しづめて、いととくあはむと思ふに、国の守、斎の宮の頭かけたる、狩の使ありと聞きて、夜ひと夜、酒飲みしければ、もはらあひごともえせで、明けば尾張の国へたちなむとすれば、男も人しれず血の涙を流せど、えあはず。（中略）明くれば尾張の国へこえにけり。（『伊勢物語』第六十九段）

と話の状況設定はほぼ同じといってよい。伊勢斎宮への狩の使の男が、伊勢の国の守から夜通し歓待され、翌朝には尾張の国へ出立せねばならず伊勢斎宮と会えずに終わる。公務として関わってくる他者の歓待によって、個人的には意中の女と会うことが出来ないという、恋の苦難を描く一つの典型である。

あるいは、

来ざりけるやうは、来て、つとめて、人やらむとしけれど、官の督《つかさ》、にはかにものへいますとて、率ていましぬ。さらに帰したまはず、からうして帰る道に、亭子の院の召使来て、やがてまゐる。大堰におはします御供に仕うまつる。そこにて二三日は酔ひまどひて、もの覚えず。夜ふけて帰りたまふに、いかむとあれば、方ふたがりたれば、みな人々つづきて、たがへにいぬ。この女いかに思ふらむとて、夜さり、心もとなければ、文やらむとて書くほどに、人うちたたく。「たれぞ」といへば、「尉の君に、もの聞こえむ」といふを、さしのぞきて見れば、この女の人なり。「文」とてさしいでたるを見るに、切髪を包みたり。あやしくて、文を見れば、

天の川空なるものと聞きしかどわが目のまへの涙なりけり

尼になるべしと思ふに、目くれぬ。返し、男、

世をわぶる涙ながれて早くとも天の川にはさやはなるべき

ようさり、いきて見るに、いとまがまがしくなむ。

（『平中物語』第三十八段　新編日本古典文学全集）

という話もまた、古本『住吉物語』と類同と言える。同じ官の長官に連れられていくことになり、女へ手紙も出せないでいる。やっと解放されたと思うと、次は亭子院（宇多天皇）の使いが来てそのまま大堰川へお供として参上し、二三日逗留したあげくに女と音信不通になってしまう。結末は女が出家してしまうという滑稽譚となっている点で、『住吉物語』とは異なっているが、女に対して思いはあるが、それがさまざまな公用に妨げられて会うことがかなわないという、さきほどの『伊勢物語』と同じような恋の苦難を描く物語となっている。

古本『住吉物語』に描かれていたのは、『伊勢物語』や『平中物語』にも類話が見られるような、典型的な恋の悲運の物語であったと考えられる。都と住吉に別れて住む男女が、なかなか逢瀬を持てず、ようやく訪れた機会も、官や公の関わりで妨げが生じてままならぬという、当時好まれたとおぼしき恋の物語の一つの典型によって、『住吉物語』の恋物語は構成されていたと推定されるのである。『源氏物語』などとは異なる、古本『住吉物語』の古態は、こうしたところにも窺うことができると

言えよう。

なお、逍遙は貴族の日常としてさほど珍しいものではないが、物語に関して言えば、「逍遙」なる語はそれほど多くの例が見いだせるわけではない。『うつほ物語』吹上の上巻、神奈備の種松の吹上邸（紀伊国牟婁）を訪れて玉津島を逍遙するという場面、同じく国譲の中巻での桂川逍遙、『源氏物語』澪標の巻と若菜の下巻に描かれる光源氏の住吉社参詣と逍遙、椎本の巻の実際には催行されなかった匂宮の宇治逍遙を挙げうるが、『うつほ物語』『源氏物語』の分量からすれば意外に少ない。『伊勢物語』に二例（第六十七段・第百六段）、『大和物語』に三例（第百三段・付載説話一・二）、『平中物語』に四例（第一段・第六段・第九段・第二十五段）という用例数、また、和歌の詞書には多数見られる「逍遙」を考え併せれば、「逍遙」という古本『住吉物語』の内容自体、多分に和歌・歌物語的要素によって構成されていたということも言えるであろう。もっとも、異本『能宣集』に載せる資料は屏風絵の詞書と和歌であるから、山水屏風の画題として好まれた貴族の山野逍遙が見えている可能性もあり、古本に「逍遙」なる表現が用いられていたと断定はできない。しかし、屏風絵の画題として適した場面が選び出されたことは間違いないから、古本『住吉物語』が和歌や歌物語で愛好された素材によって構成された物語であったということは言えるであろう。

五　恋愛物語としての古本『住吉物語』

物語として恋の状況設定・展開の古さという点において、古本『住吉物語』は『源氏物語』などとはかなり異質なものであり、むしろそれに先行する『伊勢物語』などに親近性をもつのではないか、ということを述べてきた。また、霊験譚として見たばあいも、祈願と効験において、主人公の恋の成就にいささか不完全さがあることを見てきたが、それでは、古本『住吉物語』とは、本来的にはどのような物語であったのであろうか。

古本と現存本の関係について、堀部正二によれば、

現存本は古本の筋を大体に於いて踏襲してゐるものと見て大過はないであらう。

（『中古日本文学の研究』五四ページ）

と、内容としてはそれほど大きな変更・改作はないとするのが従来の見解である。しかしながら、霊験譚の細部などを検討すると、はたしてそうなのか、という疑問も拭いきれない。常識的に言っても、なんらかの問題や不満があるから改作が行われると考えるべきであって、分量的にも削減より増補へ向かうと考えられる。もちろん『夜の寝覚』の改作のように縮小された例もあるが、その改作には筋の明瞭化、悲恋より大団円への欲求といった時代的、物語的要請が存在している。『住吉物語』に霊験譚要素の増加という要請があると思われるのは、先に述べてきたように霊験譚としての不完全さが

あるからであり、少なくとも霊験譚部分に関しては、改作の重要な点であったと考えることが、むしろ自然であろう。住吉の祖型について改めて考える意味はここにあると思われる。

さて、住吉社がこの物語にとってはさほど重要な意味を持っていない一方で、当時「住吉」といえばすぐに想起されたもう一つの「忘れ草」はどうであろうか。

現存『住吉物語』にも「忘れ草は名のみおぼえて」（上・八〇ページ）と見える「忘れ草」は、

わすれぐさ　　　　　つらゆき

道しらばつみにもゆかんすみのえのきしにおふてふこひわすれぐさ

（『古今和歌六帖』三八四七／『古今和歌集』巻第十四・墨滅歌・一一一一番も同歌）

など、すみよし、すみのえと深く結びつき、枚挙に暇のないほど和歌に多く詠まれてきていることは周知のとおりである。

暇あらば拾ひにゆかむ住江の岸に寄るといふ恋忘れ貝

（『万葉集』一一四七番　私に表記を改めた。）

また住の江は「恋忘れ貝」の寄せる地とも目され、古来、恋を忘れるという感覚でとらえられていた。忘れ草はつらい相手のことを忘れる、換言すれば恋のつらさ――すなわち物語世界においては世のつらさそのもの――を忘れさせるものとされていた。『住吉物語』で「住吉」という地が選ばれたのは、恋物語の逃避先としては、この恋のつらさを忘れさせる「忘れ草」の生える土地ということが、まず第一にあったに相違ない。継母の計略・迫害から逃れ、この世の憂さを忘れる地として住吉はもっともふさわしいと言える。こうして見てくると、古本『住吉物語』は、歌枕住吉、すなわち忘れ草の生える世の憂さを忘れさせる住吉の地を女君の逃避先とした、きわめて単純な恋物語ではなかったか。女君がつらさのあまり、世の憂さを忘れるとされる忘れ草の生じる住吉へ身を隠し、男が女君の居所を突き止め、その後は都から住吉へ困難を冒して通うという、それは前述『伊勢物語』第二十三段や第六十五段などの歌物語に残されているような、恋物語としてはごく素朴な形態であり、『源氏物語』などで練り上げられ定着していった、洗練されて現実味をおびた宮廷社会を舞台とした王朝風の恋物語とは明らかに異質なものである。現存『住吉物語』の分量の上で著しい不均衡を見せる霊験譚部分、霊験譚としても効験において不徹底な霊験譚部分、かつ古本『住吉物語』の内容を伝える異本『能宣集』にまったくその影を見ることのできない霊験譚部分を取り除いた時に見えてくるのは、『伊勢物語』などに痕跡を残す、古態の歌物語的な恋物語である。改作の詳細については残存資料があまりに乏しく、知るよしもないが、現存『住吉物語』は霊験譚としての部分が異常なほど増大し、王朝物語として、いわゆる作り物語的な要素を多く付加されて改作された物語だと考えるのが妥当ではないか。

古本『住吉物語』が恋物語として単純な、古態を保つものであったとすると、改作時の主人公名の変更も、さらに祖型に遡りうる手がかりを与えてくれているのではないかと考えられる。周知のように、古本では「侍従」であった男主人公が、現存本では「少将」に改められている。ところで、「侍従」と聞いて古物語で想起されるのは何か言えば、『長居の侍従』しかない。

又物ノ語ト云テ女ノ御心ヲヤル物、オホアラキノモリノ草ヨリモシゲク、アリソミノハマノマサゴヨリモ多カレド、木草山川鳥獣モノ魚虫ナド名付タルハ、物イハヌ物ニ物ヲイハセ、ナサケナキ物ニナサケヲ付タレバ、只海アマノ浮木ノ浮ベタル事ヲノミイヒナガシ、沢ノマコモノ誠トナル詞ヲバムスビオカズシテ、イガヲメ、土佐ノオトド、イマメキノ中将、ナカゐノ侍従ナド云ヘルハ、男女ナドニ寄ツツ花ヤ蝶ヤトイヘレバ、罪ノ根、事葉ノ林ニ露ノ御心モトドマラジ。

（源為憲『三宝絵』序　新日本古典文学大系）

『三宝絵』に見える当時多く作られていたという、はかない物語の一つとして題号の挙げられた「ナカゐノ侍従」、詳細は全く不明ながら、前後の題号と照らし合わせると地名と主人公名という組み合わせの題号が多いことから、「ナカゐ」に住む「侍従」が主人公の物語であると推定されている。この「ナカゐ」、当時の地名を記録した資料の管見の範囲では「中井」「中居」は無く、「長居」「長井」が知られる（石川徹『古代小説史稿』は山城国乙訓郡長井郷に比定している）。むろん、この「長居」は、「住吉」との関わりで考えると、

あひしれりける人の住吉にまうでけるによみてつかはしける　　みぶのただみね

すみよしとあまはつぐともながゐすな人忘草おふといふなり

（『古今和歌集』巻第十七・雑歌・九一七番）

に掛詞として詠み込まれている歌枕「長居」と見るのが自然である。住吉に隣接する「長居」に住んだ男「侍従」の物語が、古本『住吉物語』の祖型であるとまで言う根拠は何一つないが、何らかのかたちで、古本『住吉物語』成立の過程で交渉のあった可能性も否定はできない。古本『住吉物語』のもつ物語としての古い内容・形式を考えれば、『三宝絵』において他愛ないと一蹴されている物語と、根本的にはそれほどの径庭はないと考えられる。『住吉物語』について、「元来、この物語は、小木喬氏（『鎌倉時代物語の研究』）や上坂信男氏（『物語序説』）も説かれたように、以前からあった説話を仮名文学化したものらしく、それ自体、流動性・可変性を蔵していたと思われる。」（堀部正二『中古日本文学の研究』）と、文字作品として固定・流布してゆく以前に、さまざまなバリエイションが存在したであろうという推定は、これまで検討してきた異本『能宣集』などから窺える古本『住吉物語』の古態を見れば、じゅうぶん説明のつくことである。物語の単純さ、状況設定の古さという点に着目すれば、『長居の侍従』と古本『住吉物語』の「侍従」との関わりを完全に否定しさることはできないであろう。

古本『住吉物語』は、恋物語としての状況設定からすれば、『源氏物語』などの、宮廷社会を舞台とした王朝物語に較べ、単純で古態を残したものであることを検討してきた。恋の成就という面において、再会後の姫君を住吉に残したまま通い続けるという、恋の霊験譚としては効験がいまひとつ顕著でなく、姫君をすぐさま都へ連れのぼる現存『住吉物語』の霊験譚部分と比較して不完全さを拭えないということも問題である。異本『能宣集』の詞書に霊験譚めいたものが一つもないからと言って、古本に霊験譚がまったくなかったとは言えないまでも、現存の霊験譚の大部分はやはり後補の可能性が高いと考えられる。古本住吉は、歌物語などに残る、男が苦難を押して遠く離れた女のもとへ通うという、いささか現実味の薄い、ある意味説話的な恋物語であったと考えるべきではなかろうか。

なお、最後に付言するならば、前掲『古今和歌集』九一七番の壬生忠岑の詠歌では、「すみよしとあまはつぐともながゐすな」とあるが、古本『住吉物語』ではこの歌とは違って、姫君は住吉に「長居」してしまう。「住吉」を詠んだ歌としては屈指の著名歌であり、あるいはまた『住吉物語』の内容を考察する際に必ず引用される和歌であるが、その歌の内容は、現存『住吉物語』が姫君をすぐに都へ連れ戻すのに近いということになる。『古今和歌集』に入り、歌枕住吉の形成に重要な役を担った当該歌が、改作にあたってなにがしかの影響を与えた可能性もまた捨てきれないであろう。「すみよしのあま」は「住吉の海士」「住吉の尼」との掛詞であるから、『住吉物語』の古本・現存本ともに登場する姫君の保護者たる「住吉の尼」もまた、発想の原拠にこうした和歌があると言えるかもしれないが、それはただの偶合としてとどめておいた方が無難であろう。

三　住吉社の説話

——赤染衛門住吉社祈願説話の展開と金光教説話——

中前　正志

はじめに——晴明の命を救う

住吉社に関する説話は、数多い（最近の新間水緒氏「住吉明神説話について—住吉大社神代記から住吉物語におよぶ—」〈『説話論集』第十六集、清文堂出版、平成十九年〉など参照）。例えば、永正九年（一五一二）の楽書『體源抄』（覆刻日本古典全集）の巻十二下「蘇合相伝第三」には、「第一ノ秘曲ハ四帖ヲ以テ疫病消除ノ説云事」としたうえで、こんな話が挙げられている。

一條院御時、精明祭ヲシテ返リシニ、行合人、此曲ヲ唱哥ニシテ口付ル事アリキ。此人是只人ニアラス、住吉ノ大明神ト云奉ルナリ。香色ノ御直垂也。ユヘイカントナレハ、精明カ名誉、名ヲウシナハシカタメ、又、神国ノ名ヲモヲラシカタメ、彼是難儀ニ思食、此疫難ヲ精明カ身ニウケニ既ニ死セン事治定ナルヘカリシヲ、住吉大明神ノ御メクミトシテ、四帖御唱哥ヲ以テ他方世界へ消除シ給了。依テ此ニ精明ノ病悩ヲノカル。其ヨリ殊ニ名誉ノ名ヲアク。如此事共、一々ニ精明御夢想アリ。

住吉大明神が「四帖」を唱歌することによって、病死するはずだった「精明」を救った、という話。「四帖」の持つ「疫病消除」の効能の例証話として挙げられているのだが、同時に、住吉大明神の霊験譚であること、言うまでもない。また、「精明」とは、冒頭の「一條院御時」「祭ヲシテ」などから見て、陰陽師の安倍晴明に相違なく、数ある晴明説話の一つでもある。あの晴明の命を唱歌によって救ったという、こんな興味深い説話も、住吉社に関する多数の説話のうちには見られもする。

しかし、右の説話は、『體源抄』以外の文献にはあまり見掛けないもので、広く知られた説話というのではない。それに対して逆に、古来の様々な文献に繰り返し出てくる説話もある。同じく病気から救われる話だが、赤染衛門が住吉明神に祈願すると、息子・挙周（斎藤熙子氏『赤染衛門とその周辺』〈笠間書院、平成十一年〉収載「中将尼考—匡衡・赤染・挙周との関わりをめぐって」は、挙周を赤染衛門の実子でなく養子であると説く）の病気が治った、という内容の説話は、その代表的なものである。小稿では、晴明の話ではなく、こちらの赤染衛門住吉社祈願説話の方を取り上げ、時代を超えて伝承されるなかでの、その展開の諸相を聊か眺めつつ、その上で、やや唐突のようだが、ある金光教説話との関係の可能性を模索してみようと思う。ただし、昨今ブームとなった人気の晴明であるので、彼には、右引『體源抄』所載話は特に取り上げないとしても、後ほどまた別の形で、脇役としてでも登場願うこととしよう。

一　歌徳説話としての出発

中古三十六歌仙の一人、赤染衛門は、生没年未詳だが、弘徽殿女御生子歌合に出席した長久二年（一〇四一）二月十二日のあと間もなく、八十年以上の長寿の生涯を終えたとされる。良妻賢母としての逸話が少なくない。そんな赤染衛門の家集である①『赤染衛門集』（私家集全釈叢書1『赤染衛門集全釈』）に、次の一節が見られる（ただし、異本系では、bとcの歌の順が逆で、左注部分がない）。

挙周が和泉はてて のぼるままに、いとおもうわづらひしに、「住吉のしたまふ」と人のいひしが、みてぐらたてまつられしにかきつけし。

a　たのみては久しくなりぬ住吉のまづこのたびはしるしみせてよ

b　千世へよとまだみどりごにありしよりただ住吉の松を祈りき

c　かはらむといのる命は惜しからで別るとおもはん程ぞかなしき

奉りての夜、人の夢に、ひげいとしろき翁、このみてぐら三つながらとるとみて、おこたりにき。

挙周が和泉守の任期を終えた直後に重病に陥った際のこと、住吉明神が祟られたのだとある人が言ったので、奉幣するのに、みてぐらに右の三首の歌a〜cを書き付けた。すると、早速にその夜、髭の大変白い翁が現れてみてぐらを三本とも納めたと、ある人が夢に見たかと思うと、挙周の病気が治った、ということらしい。

挙周が和泉守であったのは、『小右記』の記事などから、寛仁三年（一〇一九）の春から治安三年（一〇二三）の春までの四年間であったと推測されている（『赤染衛門集全釈』など）。それに従えば、右の一件は、治安三年春、赤染衛門六十歳代半ばの頃の出来事ということになる。「住吉」は、摂津国の南端付近、和泉国との国境に程近い場所に鎮座しているのであって、挙周が和泉守の任期を終えて上京しようとした途次、住吉社の付近を通過する際に祟られた、ということだろうか。

ある人の夢に現れた「ひげいとしろき翁」は、その「住吉」に違いない。住吉明神は、白い髭を生やした翁として描かれることが、しばしばであった（宮地直一氏「住吉明神の御影について」〈『國華』六〇〇号、昭和十五年〉など）。和歌の神でもある、その住吉明神が、和歌の書き付けられたみてぐらを納めるや、挙周の病気が治っている。赤染衛門の奉納した和歌が、住吉明神を動かし、その祟りを鎮めた、ということであろう。すなわち、右の『赤染衛門集』の記事は、歌徳説話的要素が濃厚なのであって、その点に関しては、赤染衛門の意識の問題として、「いわゆる歌徳説話的要素を、赤染自撰と見られる家集の詞書がもっていたことは、そこに歌人赤染の自負が表われていると言えよう」

「母性愛よりむしろ歌人としての意識の強い歌といえるであろう」と説かれてもいる〈前掲斎藤氏著書収載「歌人赤染衛門の一性格—家集から見た作者像」。上村悦子氏『王朝の秀歌人　赤染衛門』〈新典社、昭和五十九年〉七七頁などにも同見解〉。

右と同様の記事は、十二世紀半ばに藤原清輔によって著された歌学書である②『袋草紙』上巻〈新日本古典文学大系〉にも、次の通り見える。

赤染衛門、

c代らんとおもふ命はをしからでさても別れんことぞかなしき

aたのみては久しくなりぬ住吉のまづこのたびのしるしみせなん

b千代せよとまだみどりごにありしよりただ住吉の松をいのりき

これは、江挙周和泉の任を去りての後、重病に悩みて住吉の御祟有るの由なり。仍りてかの社に奉幣の時、三本の幣におのおの書く所の歌なり。その時、人の夢に、白髪の老翁社中より出で来てこの幣を取りて入り了んぬ。その後、病平愈すと云々。

全体的な叙述・構成のあり方や、三首の歌の挙げられる順など、相違点も存するけれども、内容的には①『赤染衛門集』と全く等しい。①には見られない内容も、①にはあるのに②には見られないという内容も、①と食い違いを見せている内容も、特にはない。

そんな記事を『袋草紙』は、「仏神感応の歌」を挙げる中に載せている。紀伊国から上京する途中、馬が急に動かなくなった際に、紀貫之が蟻通明神に歌を奉納すると、馬がすぐに起き上がった話や、伊予国に数ヶ月間雨が降らなかった時に、能因が歌を詠んで三島明神に祈ると、雨が降ったという話など、よく知られた歌徳説話と共に。歌徳説話的要素が濃厚であるという、先述した性格と、まさに対応する扱いを受けているのである。赤染衛門住吉社祈願説話は、基本的に歌徳説話としての性格を前面に押し出す形で出発することになったようである。

二　身代り説話への道

①『赤染衛門集』に記された先の一件は、②『袋草子』だけでなく様々な文献に書き止められている。まず、勅撰和歌集を初めとして各種の歌集に出てくることが知られる。

③『後拾遺和歌集』巻十八・第一〇六九番（新日本古典文学大系）

挙周、和泉任果ててまかりのぼるまゝに、いと重くわづらひ侍けるを、住吉のたゝりなどいふ人侍りければ、幣たてまつりけるに書き付けける　赤染衛門

a 頼みきてひさしくなりぬ住吉のまづこのたびのしるし見せなん

④『詞花和歌集』巻十・第三六二番（新日本古典文学大系）

大江挙周朝臣をもくわづらひて限りにみえ侍ければよめ

る

c代らむと祈るいのちはおしからでさても別れむことぞかなしき　　赤染衛門

⑤『玄々集』「衛門六首赤染」（群書類従）のうち

たかちかわつらひけるに

cかはらむと思ふ命はおしからてわかれん程そかなしかりける

①あるいは②に比していずれも、③よりも④、④よりも⑤において一層、簡略化された形になっている。③はaのみ、④⑤はcのみと、挙げられる歌が三首でなく一首だけに絞られている点、まず目に付くところである。そして、そのことと連動して自動的に、歌を書き付けて奉納した幣の本数が三本であったという要素が消滅し、④⑤ではそもそも幣自体出て来ない。さらに、その④⑤においては、住吉明神も登場しない。また、いずれにおいても、挙周の病気平癒が記されていない。③の詞書は①と特に近い面を持つ。

④と近似する形は、⑥『古来風体抄』巻下（日本古典文学全集）にも、

大江挙周重く病ひて、限りに見えければ詠める　　赤染衛門

c代らんと思ふ命は惜しからでさても別れんことぞ悲しき

この歌、いみじくありがたく、あはれに詠める歌なり。

と見えるし（左注は初撰本にはない）、あるいは、藤原範兼（一一〇七～六五）撰の私撰集である⑦『後六々撰』（群書類従）には、「赤染八首」の中にcの歌「かはらんと祈る命はおしからてさても別れん事そかなしき」が、詞書も左注も伴わず記されている。

さらに、種々説話集にも、以下の通り、赤染衛門住吉社祈願説話が見られる。いずれの場合も和歌説話を列挙する中に収載されており、⑩では特に愛別離苦をテーマとする和歌説話（最終的に挙周の病が治るという話筋では、愛別離苦の話としての性格が稀薄になるからだろうか、⑩だけは、挙周の病が治ったことを記さない）、⑪⑫では歌徳を称える和歌説話すなわち歌徳説話、として挙げられている。

⑧『今昔物語集』巻二十四・第五一話（新日本古典文学大系）

今昔、大江匡衡ガ妻ハ、赤染ノ時望ト云ケル人ノ娘也。其ノ腹ニ挙周ヲバ産マセタル也。其ノ挙周勢長シテ、文章ノ道ニ止事無カリケレバ、公ニ仕リテ、遂ニ和泉守ニ成ニケリ。其国ニ下ケルニ、母ノ赤染ヲモ具シテ行タリケルニ、挙周不思懸身ニ病ヲ受テ、日来煩ケルニ、重ク成ニケレバ、母ノ赤染歎キ悲テ、思ヒ遣ル方無カリケレバ、住吉明神ニ御幣ヲ令奉テ、挙周ガ病ヲ祈ケルニ、其ノ御幣ノ串ニ書付テ奉タリケル、

　cカハラムトヲモフ命ハオシカラデサテモワカレンホドゾカナシキ

ト。其ノ夜遂ニ愈ニケリ。

⑨『古本説話集』巻上・五（新日本古典文学大系）

和泉へ下る道にて、挙周、例ならず大事にて、限りになりたりければ、
　c代はらむと思ふ命は惜しからでさても別れむほどぞ悲しき
　a頼みては久しく成ぬ住吉のまつこのたびのしるし見せなむ
と書きて、住吉に参らせたりけるまゝに、挙周、心地さは〳〵と止みにけり。

⑩一巻本『宝物集』（続群書類従）

赤染時モチト云人ノムスメニ。赤染之右衛門トイフ歌ヨミアリケリ。和泉守高近カ母ナリケレハ。高近和泉ヘマカリケルニ。母ノ赤染モクシテ侍ケルニ。高近不例ヌコトアリテ。忌セナムトシケレハ。母ノカナシミテ。スミヨシノ御社ヘ。ミテクラタテマツリケルニ。カキツケテ侍ケル。

　cカワラムトオモフイノチハヲシカラテサテモワカレムコトソカナシキ

⑪『十訓抄』第十・一五（新編日本古典文学全集）

江挙周、和泉の任さりてのち、病重かりけり。住吉の御たたりある由を知りて、その母、赤染衛門、
　cかはらむと祈る命は惜しからでさても別れむことぞかなしき
とよみて、みてぐらに書きて、かの社に奉りければ、その夜、夢に、白髪の老翁ありて、このみてぐらを取ると見て、病いえぬ。

⑫『古今著聞集』巻五・第一七六話（日本古典文学大系）

江挙周、和泉の任さりてのち、病をもかりけり。住よしの御たゝりのよしをきゝて、母赤染衛門、
大隅守赤染時用女、或順女云々。
cかはらむといのる命はおしからでさてもわかれんことぞかなしき
とよみて、みてぐらにかきて彼社にたてまつりたりければ、その夜夢に、白髪の老翁ありて、この幣をとるとみて病いへぬ。

⑨以外は歌を一首のみ挙げる。⑪『十訓抄』と⑫『古今著聞集』の密接な関係は知られる通りで、両者ほぼ同文になっているが、それらは、歌が一首である点と、幣が三本というわけではない点以外は、①特には②に酷似する。⑧⑨⑩は、挙周が、和泉守の任期を終えて上京する際のことなどとせずに、和泉国に赴任する際のこととする点、①や②あるいは③⑪⑫とは正反対である（各実線部）。また、それら三話の場合も住吉神に奉幣しているが、それは、①②③⑪⑫のように、挙周の病気が住吉明神の祟りの結果であるとの情報に基づいている（各破線部）、というのでもない。あるいは、①②⑪⑫に存する、幣を老翁が受け取るという要素（各二重傍線部）もない。なお、これら⑧〜⑩のうちでは、和泉下向に際して母の赤染衛門を伴ったとするのが共通するなど、⑧と⑩がより近い。

以上、建長六年（一二五四）の『古今著聞集』に至るまでの各種文献の記事をざっと通覧した（これらの相互比較は従来、森山茂氏「歌徳説話の伝承について―歌徳説話論 その一―」〈『尾道短期大学紀要』24、昭和五十年〉や橘りつ氏編『和歌威徳・和歌徳物語』〈古典文庫、昭和五十五年〉解説の中で試みられて

いる)。繁簡様々であるうえ、一部の要素にはかなりの揺らぎも認められる。そんな中で、より根本的な性格において大きな変化を示す事例が出現するようになる点、特に注目される。『古今著聞集』には実は、右の⑫巻五・第一七六話以外にもう一話、⑬巻八・第三〇二話にも、基本的に同じ話が次の通り収載されている。それが、その注目すべき事例である。

Ⅰ式部大輔大江匡衡朝臣息、式部権大輔挙周朝臣、重病をうけて、たのみすくなく見えければ、母赤染右衛門住吉にまうで〻、七日籠て、「このたびたすかりがたくは、すみやかにわが命にめしかふべし」と申て、七日にみちける日、御幣のしでにかきつけ侍ける、

c　かはらむといのる命はおしからでさてもわかれんことぞかなしき

かくよみてたてまつりけるに、神感やありけん、挙周が病よく成にけり。

挙周が和泉守の任期を終えて上京する際のことども、和泉国に下向する際のことども、いずれとも記載されないのは、極端に簡略化された④⑤⑥または⑦以外には、認められないところである。しかし、今特に注目されるのは、そのことではなくて、波線部である。赤染衛門が住吉社に七日間参籠して、挙周の病気が治らないものならば、自らの命を代わりに召し取るよう祈願した、という。ここまで取り上げたいずれの文献にもほとんど見られなかった内容である。cの歌を奉納するだけでなく、加えてそうした祈願をした結果、願いが住吉明神に通じ、挙周の病気が治った、ということになる。赤染衛門は、自らの命と引き替えに、挙周の命を救った。赤染衛門住吉社祈願説話が、歌徳説話とし

ての性格のうえに、身代り説話としての内容をも備えるに至ったのである。

しかし、この身代り説話の要素は、右の⑬において突然に備わったものなのではない。そもそも当初の①『赤染衛門集』の場合、⑬の波線部のような記述があって、赤染衛門が挙周の身代りとなることを直接的に祈願するといった内容が盛られ、身代り祈願の要素が明確に表面化している、というわけではない。けれども、赤染衛門が奉納した三首の歌a～cのうち、

かはらむといのる命は惜しからで別るとおもはん程ぞかなしき

というcの歌にはもともと、赤染衛門が身代りを祈願するという内容が含まれている（傍線部）。⑬の波線部は、このcの歌意に添ったものに違いない。身代り祈願の要素は、赤染衛門住吉社祈願説話の中に当初より既に潜在していたのである。

この潜在状態から先の⑬における顕在化に至る道程において、特に注意すべきは、右のcの歌の動向である。②『袋草紙』では、①と同じく歌が三首挙げられているが、①と違ってcが先頭に立っている。それ以外の③～⑬は、いずれも一首または二首だけ挙げていて、③がaのみ、⑨がcとaになっているほかは、全てcのみを挙げる。かなり早い段階からcの位置付けに変化が起こり、やがては、赤染衛門が挙周の病気平癒を祈った歌としては、ほとんど専らcのみが想起される、という状況になっていったようである。また、⑤と⑦では、赤染衛門の歌六首また八首が挙げられるなかで、三首のうちcの歌のみ採録されており、cが、赤染衛門の代表歌の一つと見なされるに至ってもいる。

右の如きcの歌の動向は、身代り祈願の要素の顕在化と密接に関わるものであろう。c歌が、病気平癒を祈った際の唯一の歌として絞り込まれ、その存在感を際立たせていくのに応じて、同歌の内包する身代り祈願の要素もより強く意識されることとなり、ついには、それが歌の外側にまで溢れ出して顕在化することになった、というようなことが考えられよう。より具体的に言い換えれば、c歌に一本化されて、同歌に人々の目が集中するようになると、②⑤⑥⑧⑨⑩のように「かはらむと思ふ命は惜しからで」でなく、①④⑦⑪⑫のように「かはらむと祈る命は惜しからで」であるものの場合特に、その上の句から、赤染衛門が実際に身代りを祈願する場面が想い描かれることが多くなり、やがて、先引波線部を盛り込んだ、明確に身代り説話としての性格を備える、⑬のような形が生起することになった、といった状況が想定できるように思われる（神山重彦氏「身代り説話とその周辺」〈『山形大学紀要（人文科学）』10―4、昭和六十年〉も、c歌の動向などには言及されないが、⑬がIの後に後掲のIIを続けることについて、『かはらんと』の歌句がもとになって、このような尾ひれがついていったものと考えられよう」とする）。

三　孝行恩愛説話への分岐

身代り説話としての性格を開花させたとも言うべき⑬は、実は、先に掲げたIの部分だけで終わっているのではなく、さらに話が続いており、その後半部においてより大きな変化を見せている。

II母下向して、喜ながらこの様をかたるに、挙周いみじく歎て、「我いきたりとも、母を失ては何のいさみかあらん。かつは不孝の身なるべし」と思て、住吉に詣て申けるは、「母われにかはりて命終べきならば、速にもとのごとくわが命をめして、母をたすけさせ給へ」と泣々祈ければ、神あはれみて御たすけやありけん、母子ともに事ゆへなく侍けり。

⑬の後半、このIIにおける主人公は、赤染衛門ではなく病癒えた挙周の方である。挙周は、母の赤染衛門から事情を聞いて大変嘆き、元の通り自分の命を取って母を助けてくれるよう、住吉明神に祈願する。すると、神助あってのことか、赤染衛門も挙周も無事であった、という。従来の文献にはなかった、全く新たな展開である。

Iとは逆で今度は、子の方が母を救う話。Iにおいて赤染衛門が挙周の身代りになろうと祈願したのと対応するように、IIでは挙周が、自らの命と引き替えに赤染衛門を救おうとしているのである（波線部）。そんな挙周の母への恩愛の念が通じて、あるいは、母が子の、子が母の、各々身代りになって助命を願うという、そうした母子間の双方向の恩愛の念が相乗的に響き合って、住吉明神を「あはれ」がらせたのであろう。無論、母が子を救うIだけでも恩愛説話としての性格を有するだろうが、右のIIが加わることによって、その性格が増幅し前面に出てきていると言えよう。

また、IをIIに至る前段と捉えて、IIの方を中心に見るならば、⑬全体は孝子説話として捉えられることにもなるだろう。実際、後世の『本朝孝子伝』（日本教育文庫）巻上・一三が、次の通り、末尾に「著聞集」と注記しつつ、この⑬を採録している。

式部権大輔大江挙周《タカチカ》匡衡子也、寝レ病危篤。母赤染右衛門、不レ勝二憂懼一、詣二住吉廟一、禱レ代二其死一、有二倭歌一。挙周病已《イユ》。右衛門大喜、以竢二己死一。挙周知レ之不レ楽、潜往二住吉一、入レ廟泣曰、「嚮也我因二神徳一、幸獲レ不レ死、无レ可二以報賽一焉。然与レ母易二死生一、我之所レ不レ忍也。切冀我病如レ初、而母无レ恙」、懇祈累レ日、而後還レ洛。然其身不二復病一、母亦得レ寿。是神(ママ)二於挙周之孝一乎。著聞集

ところで、IIにおいては歌が出て来ない。挙周が歌を奉納するということなどなくて、その祈願が成就しているのであって、I・II合わせた全体として⑬を見る時、歌の比重は①〜⑫と比べて相対的に低くなっている。身代り説話・恩愛説話としての性格が増幅する一方で、当初より濃厚であった歌徳説話的性格が後退している。こうした歌徳説話的性格の希薄化は、IIの方に重点を置く右の『本朝孝子伝』所載話においてはさらに進んでいて、「有二倭歌一」とするだけで、最早赤染衛門の歌自体挙げられていない。歌徳説話あるいは和歌説話としての性格をほとんど全く捨て去って、完全に孝子説話と化している、そんな事例も後世には出現することになったのである。

ここに見た⑬における質的変化は、部類説話集『古今著聞集』における二種の赤染衛門住吉社祈願説話の位置付けのあり方にそのまま反映してもいる。同書は先述通り、⑬だけでなく、当初の①『赤染衛門集』特には②『袋草紙』に酷似する、従来通りの形の⑫を収録していた。その⑫の方は「和

歌」の部のうち歌徳説話が列挙される中に掲げられているが、右の⑬の方は、「和歌」ではなくて「孝行恩愛」の部に収載されている。

そして、この『古今著聞集』以降、赤染衛門住吉社祈願説話は、従来通りの⑫と同様のもの＝基本型と、それが変化・展開した⑬と同様のもの＝展開型と、両者が見られることになる。『沙石集』『月刈藻集』上『和歌威徳物語』『和歌徳』一二二『和歌奇妙談』『本朝列女伝』巻三『本朝美人鑑』巻二『住吉名所鑑』『住吉名勝図会』巻五や近世の百人一首注釈書『百人一首うひまなび』『小倉百歌伝註』など、多くの文献が基本型を載せるが、一方、右引『本朝孝子伝』のほか『本朝語園』巻二『和歌徳』一『住吉松葉大記』『本朝諸社霊験記』巻三『摂津名所図会大成』巻七などは、展開型を載せる。⑫と⑬を「和歌」部と「孝行恩愛」部に各々載せる『古今著聞集』には、後世にまで亘る赤染衛門住吉社祈願説話のそうした分岐・分流が、最も端的な形でいち早く反映していることにもなる。

ところで、赤染衛門住吉社祈願説話が、⑬に見られるように、Iにおいて身代りの要素を明確化するだけに止まらず、IIを加えて従来には全くない新たな展開を見せることになったのには、それなりの必然性が存在したように思われる。母が子を病から救う話のIに続けて、今度は犠牲になろうとする母を子が救うIIの話が加わるのは、ごく自然な流れでもあろうが、ただそれだけではない、そうならざるを得ない事情があったことに、注意しておきたい。

Iにおいて、単にc歌の一部に「かはらむといのる命」という表現があるだけでなくて、「このたびたすかりがたくは、すみやかにわが命をめしかふべし」（波線部）と、赤染衛門が身代りになることを祈るという要素が明確に盛り込まれたならば、その祈願の結果挙周の病気が治ったのだから、それに対応して赤染衛門の命が失われることになるはずだ、といった理解がなされるべきところであろう。実際、IIの中で挙周は、「母われにかはりて命終べきならば……」と祈っているし、先引『本朝孝子伝』では「右衛門大喜、以竢㆓己死㆒。」と、赤染衛門自身が自らの死を覚悟してもいる。

ところが、ここに問題が生じる。先述通り、この話は、挙周が和泉守の任を終えた治安三年（一〇二三）のことと考えられるが、赤染衛門は長寿で、実際は、その時点から少なくとも二十年近く、長久二年（一〇四一）までは生存している。すなわち、赤染衛門が挙周の身代りになって死ぬという話筋のままでは、史実との余りに大き過ぎる決定的な齟齬が生じることになるのである。そうならないためには、赤染衛門を是非とも生かしておく必要があった。

右のような事情を抱えたなかで、この説話は、Iで終わらずに、今度は挙周が赤染衛門を救う話のIIへと展開しているのである（ただし、後の『沙石集』巻五末第一話や『本朝列女伝』巻三のように、⑬のIと同じく身代りの要素を明確に持ちながら、そのIに相当する内容のみで終わってIIへと繋がらない場合も見られる）。それによって、身代りの要素の明確化に伴って生じかけた史実との齟齬が、無事解消されている。そうした点から見るならば、身代りの要素の明確化が、孝行恩愛説話への分岐、すなわち展開型の派生をもたらしたのだ、ということになろうか。

四　前泣不動説話との交錯

しかし、展開型への分岐には、赤染衛門住吉社祈願説話が自ら抱え込むことになったと言うべき、右の如き内輪の事情のほかに、ある外的な状況も深く関与していたのではないかと思われる。

平安末・鎌倉初頃以降、一般に泣不動説話と称される説話が、『宝物集』や『発心集』など、多くの諸書に見られるようになる（拙稿「不動の涙―泣不動説話微考」〈『国語国文』65―4、平成八年〉など参照）。大変著名な説話で、例えば『真言伝』（説話研究会編『対校真言伝』勉誠社、昭和六十三年）巻五証空伝は、同説話を載せて「此事世ノ人委ク知ルニ依テコマカニシルサス」とする。あるいは、平成十七年夏から朝日新聞・夕刊に連載された北村薫の小説『ひとがた流し』（朝日新聞社、平成十八年）も、「泣不動」と題する章を設けている。

三井寺僧・智興が重病に陥った際、誰かに病気を移し替えるしか方法がないという安倍晴明の言葉を承けて、弟子の証空が身代りになることを申し出る。晴明が病気を移すと、智興は平癒、代わって証空が病を受けるが、今度はその守り本尊である不動明王の絵像が、涙を流しつつ証空の身代りとなる。師弟間と、人とその信仰対象物との間と、それら両者の間の二重の身代り説話である。

この泣不動説話の前段階のものと言うべき説話、言わば前泣不動説話が、『今昔物語集』巻十九・第二四話に見える。晴明によって病気が移し替えられて、師の僧が平癒、弟子の僧が代わって病気に陥るところまでは、基本的に同じである。ところが、その後は、泣不動説話と違って次のように続く。
僧ハ死ヌラムト思フニ、僧未ダ不死ズ。師ハ既ニ病嗆ヌレバ、「僧今日ナド死ナムズルニヤ」ト思ヒ合タル程ニ、朝ニ晴明来テ云ク、「師、今ハ恐レ不可給ズ。亦、『代ラム』ト云シ僧モ不可恐ズ。共ニ命ヲ存スル事ヲ得タリ」ト云テ返ヌ。師モ弟子モ此ヲ聞テ、喜テ泣ク事無限シ。

身代りに病を受けた弟子も助かることになる点はやはり、泣不動説話と同じだが、不動明王が涙を流して弟子の身代りになるという要素はなく、そもそも不動明王自体が登場しない（したがって、「泣不動説話」とは言えない）。では、なぜ、「死ヌラムト思」われた弟子まで助かったのか。右に続けて「此ヲ思フニ、僧ノ師ニ代ラムト為ルヲ、冥道モ哀ビ給テ、共ニ命ヲ存シヌル也ケリ」と記すから、師僧の身代りになろうとしたのを、「冥道」すなわち太山府君が哀れに思った結果である、と捉えられていたようである。この『今昔物語集』所収話では、晴明は、太山府君を祭って病気を移し替えたと明記されている。すなわち、晴明の要請を受けて太山府君が、弟子に病気を移し替え、その太山府君が今度は、哀れに思って師と共に弟子も救った、ということのようである。

さて、展開型の早い事例である先の⑬『古今著聞集』巻八・第三〇二話と、この前泣不動説話とを見比べるに、晴明が登場するか否かといった種々状況の相違などはあるものの、

A ある人物（挙周・師）が重病になる。

B その人物の関係者（母赤染衛門・弟子）が身代りになろうとする。

Ｃ神（住吉明神・太山府君）の計らいによって、人物（挙周・師）の病気が治まる。

Ｄ神（住吉明神・太山府君）が哀れんだ結果、身代りになろうとした関係者（母赤染衛門・弟子）も助かる。

という基本的な展開が一致することに気付かれる。こうした前泣不動説話の存在が、ＢＤの内容を持たない基本型からの展開型の分岐を促した面があるのではなかろうか。先述通り、従来潜在していたと言うべき身代りの要素が浮上してくれば、基本型にはないＢを含めたＡからＣまでが、赤染衛門住吉社祈願説話の内容として意識されることとなり、すると、それら内容を共有する前泣不動説話との連想が働いて、同説話がさらに続けるＤに相当する内容をも含んだ筋書への展開を促し、Ａ～Ｄを備えた展開型が派生することになった、というような道筋が、例えば想定できないだろうか。

ただし、⑬では、病癒えた挙周が、身代りになった赤染衛門を助けてくれるよう祈願するのに対して、前泣不動説話では、弟子に身代りになってもらった師僧は何もしない。また、⑬のⅡの末尾に「神あはれみて御たすけやありけん、母子ともに事ゆへなく侍けり」、前泣不動説話に「僧ノ師ニ代ラムト為ルヲ、冥道モ哀ビ給テ、共ニ命ヲ存シヌル也ケリ」とあって、「神」＝住吉明神も「冥道」＝太山府君も共に、「あはれ」＝「哀」んだとするが、住吉明神が基本的には、自分を犠牲にしてでも身代りになった母を救おうと祈願する挙周に対して、「あわれ」を感じているのと違って、太山府君は、そもそも身代りになろうとした弟子に対して、「哀」を感じているようである。こうした差異が認められるのであって、展開型への分岐が全て前泣不動説話との連想だけから導き出されたというわけではあるまい。しかし、大筋としては右のような道筋が想定できないかと思うのである。

また、知られる通り、先の『今昔物語集』所収の前泣不動説話とまさに同様のもので、同話に登場する弟子を「貧家翁」に、師僧をその翁の「男子」に置き換えたと言うべき話が、『私聚百因縁集』巻九・第二五話に見られる。泣不動説話のみならず前泣不動説話の話型もある程度普及していたことを示す事象であって、具体的な道筋が右の想定通りであるか否かはともかくとして、同説話が展開型の成立に何らかの形で関わっていても特におかしくない状況にあったことは窺わせるだろう。

ところで、片桐洋一氏『中世古今集注釈書解題』一（赤尾照文堂、昭和四十六年）が指摘する通り、永仁五年（一二九七）以降の成立年未詳『古今集註』（「大江広貞注」「為相註」、引用は京大本に拠り、京都大学国語国文資料叢書48所載翻刻を参照。また同叢書所載田村緑氏解説参照）が記す、仮名序の一節「目に見えぬ鬼神をもあはれと思はせ」についての注釈に、こんな記事が見える。

> 中納言大伴家持卿妻いたうわつらひ給ひて、いまはとなりにけるを、陰陽士見せたりけれは、「定業かきりあり。いかにするともしるしあらし。たゝし、この病人をねんころにおもふ人おはせは、祭替たてまつらん」といへり。こゝに、いとけなき女すゝみいてゝいはく、「我母のいきなんにをきては、われにまつりかへ給へ。これ、さらにいつはりをいはす。我母いきなんにをきては、命をすてんにおしからし」と、まめやかにかたらふも《を》、この陰陽士もいとあはれにおほえ

て、「さほとにおほされんをはいかゝはせん。まつりかへたてまつるにこそあらめ」とて、棚を三重にゆひて、そのうへに娘を置、中にはもろ〳〵のみてくらをさゝけ、したには色〳〵の供物をそなへて、祭文よみ神呪ヲ誦シ印むすひなんとしけれは、病後娘《彼》にうつりて母はくるしみやみにけり。娘くるしき心ちをねんしてかくよみける。

　かはらんとおもふ命はおしからてさてもわかれんことそかなしき

この哥よみもはてゝかしらをすこしもたけたるに、赤色の鬼のしろきたうさ《ま》きしたる出現して、黄涙をなかして語之、「汝、孝養の心さしをか《(見カ)》んすといへとも、定業かきりあるによりて、炎王のみかとへいてゆく所に、今此哥をよめるによりて、今度は出《いて》ゆかすなりぬる。七十まては母も汝もことなることあるへからす。汝また、孝養の心さしふかきゆへに帝王の后宮たるへし」といひて、かきけつやうにうせにき。こゝに、母も娘もともに病いへにけり。鬼の言のことく、彼娘は聖武天皇の后宮となれり。孝謙天皇の御母儀とそ。或云、この事は贈大政大臣橘清友女のいとけなくてのときの事也。そのゝち嵯峨天皇の后宮となりて、仁明天皇うみたてまつるといへり。何《イツ》とは時代さためかたし。世継を見るへし。いつれにても、鬼の哥にめてたる証哥、これなり。

大伴家持の妻が重病となり、「晴明」という名は出ないが陰陽師が、病気を誰かに祭り替えるしかないと診断する。その時、娘が身代りになることを申し出る。そこで、陰陽師が祭り替えて、結果、母の家持室は病気が治るが、娘は病気に陥り、そして、「かはらんと」の歌を詠んだ。すると、赤鬼が現れて、その歌によって娘も救われることになったこと、娘が将来、天皇の后宮となること、を告げる。赤鬼の言葉通り、娘は、聖武天皇の皇后・孝謙天皇の母、すなわち光明皇后になった、という（ただ、光明皇后の父は、家持でなく藤原不比等。なお、興福寺西金堂の本尊・釈迦仏は、光明皇后が母の菩提のために天竺の巧匠に造らせたものであると伝わる。『建久御巡礼記』など）。以上のような内容である。赤染衛門が挙周の身代りになろうとしたのとは反対に、子が母の身代りになろうとした話。⑬などと同様、身代り説話であると同時に孝子説話でもある。なお、末尾部の「或云」以下によると、家持の娘・光明皇后でなく、橘清友の娘で嵯峨天皇の皇后・仁明天皇の母、すなわち檀林皇后のこととする伝えもあったらしい。両皇后は、本話に限らず、混同されること少なくない。

この家持女・光明皇后（清友女・檀林皇后）身代り説話も、前泣不動説話と基本的に同型のものであること、明白であって、先の『私聚百因縁集』所収話に加えて、前泣不動説話の話型がさらに普及していたことを示す事例である。ただし、後半部には特に、前泣不動説話と異なる要素がいくつか見られる。その中で今注意したいのは、身代りになった者によって歌が詠まれ、歌徳説話としての性格を色濃く帯びていることである（だからこそ先引仮名序の注に引かれることにもなる）。そして、さらに注意されるのは、その歌が、「かはらんと」歌であることである。同歌はまさに、先に見てきた赤染衛門住吉社祈願説話の中で赤染衛門が詠んだ歌、a～cのうち、単独で挙げられることも多く、先述通り同説話が身代り説話としての性格を明確に発現するうえで大きな役割を演じたと見られる、cの歌である。赤染衛門住吉社祈願説話からc歌だけが抜け出して、前泣不動説話と基本的に同型である右の家持女・光明皇后（清友女・檀林皇后）身代り説話の中に、家持の娘（清友の娘）の歌として入り込んでいるのである。赤染衛門住吉社祈願説話と前泣不動説話とがそんな形で実際に関係した事例（それはまた同時に、良妻賢母として知られた赤染衛門と光明皇后あるいは檀林皇后との、二つの理想的女性像の重合の事例でもあろう）がこのように見られることは、前泣不動説話が⑬など展開型の分岐に関わっていたのではないかという先の推測が、強ち的外れのものでもないことを示唆していよう。

さらに、右の『古今集註』所載話と同様の内容を持ち、やはりcの歌の出てくる話は、東山御文庫所蔵『古今集注』や写本系『女郎花物語』下（古典文庫）にも見える（前者については片桐氏前掲書に、後者については森山氏前掲論文や橘りつ氏前掲編書解説に、各々指摘されている。ただし、それらには、赤染衛門住吉社祈願説話や前泣不動説話との関係など、充分には論究されていない）。後者の場合、前泣不動説話と同じく「たいさんぶく」（太山府君）が登場し、同神を祭って病を移し替えている。また、広島大学所蔵『詞花和歌集注』（中世文芸叢書7『詞花和歌集注』〈広島中世文芸研究会、昭和四十一年〉に翻刻収載〈静嘉堂本との校異も〉。湯之上早苗氏「〈資料紹介〉広島大学蔵本『詞花和歌集』」〈『中世文芸』22、昭和三十六年〉参照）は、先の④『詞花和歌集』に載るcの歌について記すのに、

この歌をよみたれハ、病者のまくらのもとの屏風をふみたおしていかんていふ、「我は焔魔王の使也。此歌を焔魔王かんして今度の命は助る」とて、家の天井けやふりて出にけり。是、歌には

おにかみも納受してあはれと思ふとは、これ也。

と、右の『古今集註』などに収載される説話の後半部の一節を挙げている（傍点部、静嘉堂本には無い）。あるいは、今川了俊『落書露顕』（日本歌学大系）は、「愚老が心にしみて存ずる歌少々」として挙げる中にc「かはらむと」歌を載せて、

此の歌は、親の命にかはらむと祈りけるに、親のいきかへり侍りしによめるなり。さてもわかれむといふ一言の、ありがたく覚え侍る哉。

と述べるが、傍線部に該当するのは、赤染衛門の説話ではなくて、家持女・光明皇后（清友女・檀林皇后）の説話の方であって、後者に依拠しての記述であるに違いない。

cの歌を盛り込んだ家持女・光明皇后（清友女・檀林皇后）身代り説話も、恐らくは『古今集』仮名序に対する種々注釈類を介して、かなり広く知られ普及していったようである。前泣不動説話が赤染衛門住吉社祈願説話における展開型の分岐にいかに関わっていたか、具体的に明らかにはし難いけれども、その前泣不動説話と同型の家持女・光明皇后（清友女・檀林皇后）身代り説話と赤染衛門住吉社祈願説話とが密接に交錯し合っていたことまでは、確かに認めることができるのである。

因みに、越後松之山には、家持の娘の京子が病没した母を慕って入水したという鏡ヶ池の伝説が伝わり、同地を舞台とする謡曲「松山鏡」は、ある娘（固有名なし）が一心に回向する、その功徳の力のために、母の亡魂を地獄へと連れに来た倶生神がひとりで地獄へと帰って行くことになった、とい

う、家持女・光明皇后（清友女・檀林皇后）説話の後半部と類似する内容を備えている。また、その「松山鏡」には、聖武天皇が梵天に祈誓すると、閻王が憐れんで光明皇后を娑婆に送り返したという、典拠不明の伝承が挿入されてもいる。以上、『観世』昭和四十七年十一月号など、参照。

五　金光教のおかげ話との関係

ところで、説話研究において、幕末維新期の頃に創唱された数々の新宗教に関する説話というものに目が向けられることは、従来全くなかったと言ってもいいほどである。しかし、それら新宗教の勃興は、日本宗教史上に一つの重要な位置を占める事象であって、日本における宗教と説話の問題、日本宗教説話の問題を考えるうえで、新宗教の説話を見過ごしにすることはできないように思われる（拙稿「近代新宗教説話序論―金光教のおかげ話をめぐる二、三の問題について―」〈『説話論集』第十一集、清文堂出版、平成十四年〉参照）。

神道系の新宗教の一つで、幕末に岡山で創始された金光教を、明治初期に、岡山から大阪に出て来て布教した人物がいる。初代白神新一郎である。その初代白神に、「金光教布教文書のさきがけであるとともに、教義書としてもはじめてのもの」（『金光教教典』〈金光教本部教庁、昭和五十九年〉付録「解題」）とされる著作、『御道案内』がある。増補加筆を繰り返しつつ筆写しては人々に与えていたとされ、多種多様な伝本が存在している。そのうち、明治十四年（一八八一）一月末以降、初代白神の没した翌明治十五年四月二十四日以前に著されたものと考えられ、さらに限定して、明治十五年になってから没するまでの極最晩年の著作とも推測される、金光教大阪教会所蔵の伊原本の巻中に、次のような記事が見られることに、注意したい（伊原本以外には見られない。拙稿「翻刻 金光教布教文書近藤本『御道案内』付『御道案内』三本（藤沢本・近藤本・伊原本）内容概略対照表」〈『女子大国文』140、平成十九年〉は、近藤本を翻刻すると共に、同本に藤沢本・伊原本を加えた代表的三本の内容概略対照表を付載している）。

去ル婦人の亭《テイ》主病気重《ヲモ》り、夫婦暮《フウフクラ》し之内にて、其妻色々《ソノサイイロ〳〵》療治致《リヨウシイタ》しけれ共其印《シルシ》無、日々心配致し居候所、御神様御蔭有事を聞《キヽ》、右之女御願申て、夫《ヲツト》の病気我《ワレ》に譲《ユヅ》り夫《ヲツト》を助《タス》け給《タマ》へと祈《イノリ》けるに、其夜より夫《ヲツト》全快《ゼンクワイ》に趣《ヲモム》き、妻ハ病気に重《ヲモ》りける。亭主不思議《シギ》に思《ヲモ》ひて、其妻《ツマ》に尋《タツネ》けれバ、其妻委《クワ》敷咄《ハナ》しける。亭主それでハ不二相成一と、御神様江御願申て、難渋《ジウ》を中立《タテ》祈念致《キネンイタシ》けれバ、其夜より妻も本復致しける。

『御道案内』には、教説記事に混じってその例証話として、神の加護を受けた話、通常「おかげ話」と総称される霊験譚あるいは利益譚が、いくつか掲載されているが、右は、その一つ。重病の夫を心配した妻が、金光教の神に霊験あることを聞いて、夫の病気を自分に移して夫を助けてくれるよう、その神に祈ると、早速その夜に願い通りになるが、さらに今度は、代わりに病気に陥った妻から事情を聞いた夫が金光教の神に祈り、その夜には妻も本復した、という話。

一方、昭和十七年（一九四二）に八十七歳で死去するまで、金光教の独立・発展のために中心的存在として尽力した佐藤範雄には、当時の金光教について検討するうえでの重要な資料となっている回想録『信仰回顧六十五年』（同書刊行会、昭和四十六年）がある。同書に、佐藤による明治十二年（一八七九）岡山での治病祈念の体験が記されている（同じ佐藤による『芸備の霊光』〈金光教芸備教会所、明治四十二年〉や「教祖四十年祭を迎えたる余の回顧の一端」〈直信・先覚著作選第二集『佐藤範雄・照講話教話集』金光教徒社、昭和五十四年〉にも。同体験は、高橋行地郎「神徳考―伝承資料を主とした事例研究―」〈『金光教学』23、昭和五十八年〉において検討対象になってもいる）。その内容はおよそ次の通り。

七月三日の夜半過ぎの頃、西隣に住む森政近蔵が、その本家の森政禎治郎の妻さだのを連れて佐藤範雄宅を訪れる。禎治郎が四人の医者から見放され危篤状態になっているので、その助命の祈念をお願いしたい、とのことだった。

それより御祈念にかゝると、さだの女は「主人の命を助けてやって下されば、財産の半分を献ります」と願を立てる。「金銭で人の命が助かるものなら、天下《てんか》公《く》方様《ぼうさま》といふやうな方は死ぬる事はなからうぞ」と御裁伝が下る。「それでは、……どうぞ妾の命と引替へてお助け下さりませ」といふ。更に「氏子一人の命を取って一人を助けたのでは、神の庇礼《ひれい》ではないぞ」と仰せられる。そこで最早願ひやうがなくなったので、今度は近蔵氏が「真に恐れ入った事でありますが、斯のお道にはお持替《もてがえ》を願ひ、助けて下さる事があると聞いてをります。どうか先生のお持替を願ふ事は叶ひませぬか」と願ふ。このお持替といふ事は、人の大病を身に引き受けて御祈念をし助ける事であって、教祖の御神命にて笠岡斎藤氏に、又斎藤氏の御裁伝にて西六金照明神にあった事があり、それを近蔵氏が誰からか聞いてゐて斯様に願うたのである。御祈念中「承知聞き済む」との御裁伝があった。

佐藤が御祈念を始めると、夫を助けてもらえるなら財産の半分を献上する、次いで、自分の命と引き替えにして夫を助けてほしい、と妻のさだのが願を立てた。しかし、いずれに対しても、神が裁伝を下して拒否する。そこで近蔵が、「人の大病を身に引き受けて御祈念をし助ける」という「お持替」をしてくれないかと願い出たのである。

その後、実際に「お持替」を始めて間もなく、佐藤は身体に異常を覚えて患い、一方、森政禎治郎の病気が急によくなる。教祖・金光大神らの添祈念あって、佐藤の引き受けた病も癒え、禎治郎はその後も一層快方に向かった。併せて六日間のお持替であった。

さて、先に掲げた伊原本『御道案内』所載おかげ話は実は、基本的に右の治病祈念の一件に基づいて記述されたものではないかと憶測される。

まず注目されるのは、両者の内容に共通する部分の見られることである。第一に、医療も及ばない重病に夫が陥るという発端が同じである。第二に、伊原本『御道案内』先引話が、その妻について「御神様御蔭有事を聞《キヽ》」と述べていて、それ以前には金光教の信者などでは全くなかったのが、その時初めて、同教の神に霊験あると聞いてその神に縋ることになった、とする点、右には引用しなかったけれども『信仰回顧六十五年』が、禎治郎の妻さだのが近蔵から「お前は今まで神の前では履物の緒が切れても頭を下げぬ人ぢゃが、吾家《うち》の隣の先生に御祈念を願うて一心に信心する気はないか」と誘われて、佐藤に祈念を頼むことになった、と記すのと、概ね対応しよう。第三に、妻が夫の身代りになることを願う点、その結果夫が助かる点、両者共通する。佐藤による治病祈念の一件の場合、結局はお持替により佐藤が病を引き受けるのであって、伊原本『御道案内』先引話のように実際に妻が身代りとして病を受けたりはしない。しかし、右引『信仰回顧六十五年』の実線部に記される通り、夫の身代りになることを願うところまではまさに共通するし、佐藤が治病祈念の体験を記している、その末尾部に「かゝる大患も『妾の命と取替へて夫の命《いのち》を助けてもらひたい』と願ひ出た其の真情によって助けられたのである」と述べており、この理解に立てば、実際に身代りになるのでなくとも、伊原本『御道案内』の場合と同様に、身代りになることを妻が願った結果、夫が助かった、ということにもなろう。このように、伊原本『御道案内』先引話と佐藤の治病祈念の一件との間には、特にそれら前半部を中心に、内容上重なり合うところが確かに少なくないと言ってよかろう。

また、初代白神は、佐藤の治病祈念の一件に、関心を持って親しく接していたものと推察される。伊原本『御道案内』は、先述通り、一月末以降の明治十四年の内か、明治十五年になってから四月二十四日までの著作と考えられる。したがって、明治十二年七月にあった治病祈念の一件は、伊原本時点の初代白神にとって、出現して間もない真新しいおかげということになる。しかも、佐藤が『信仰回顧六十五年』の中で「この森政氏の御霊験《みかげ》の事は終始神秘を極め、筆紙の能く尽す所ではない」と述べるような、おかげでもある。初代白神が自らの著作に採録したいと願っても、何ら不思議ではないと想像される。そして、初代白神には実際、治病祈念の一件以後に佐藤と面談する機会が何度かあった。初代白神よりも三十八歳年下の佐藤は、『信仰回顧六十五年』の中で、明治十三年晩夏に初めて初代白神に面会したと記している。初代白神が一時的に、大阪から岡山に戻ってきていた時のことである。同書によれば、その後、初代白神が没するまでの数年間にも交流があったようである。恐らくは、この交流の間に、ごく最近に体験した「神秘を極め」た「御霊験《みかげ》」として、明治十二年の治病祈念の体験を、佐藤が熱く語るのを、初代白神は直接聞いたことだろう。

以上のような、両者の内容上の共通性や状況面における接点の存在を勘案して、初代白神による伊原本『御道案内』の先引おかげ話が、明治十二年の佐藤範雄による治病祈念の一件に基づいて記述されたものであると憶測する次第である。伊原本は、入信し初代白神の弟子となって間もない近藤藤守が、明治十四年一月末に岡山への道中で体験した最新のおかげの話を、巻下に載せてもいる（前掲拙稿等参照）。初代白神が、近藤から直接聞いて載せたに違いない。同様にして、佐藤の体験に基づくおかげ話を載せるのは、充分あり得ることだろう。

仮に右の憶測が当を得ていたとするならば、次に問題になってくるのは、後半部を中心として両者に違いが見られることである。初代白神はなぜ、恐らく佐藤から直接聞いたであろう治病祈念の一件を、そのままに記さなかったのだろうか。両者の相違点として目立つのは、例のお持替のことである。佐藤は、お持替によって病気を自らに移し替えたと記しているが、それに類することは、伊原本『御道案内』先引話には全く見られない。そもそもお持替を行った佐藤自体登場しない。この点については、当時の金光教を取り巻く社会情勢が関係していたものと考えられる。

神に祈って病気を移し替えるという、佐藤の行ったお持替は、泣不動説話において晴明などが行ったのとまさに同じ手法だが、まだ歴史の浅い金光教内においても、既にその先例があった。先引『信仰回顧六十五年』の波線部に記す通り、文久二年（一八六二）に、笠岡金光大神と呼ばれた斎藤重右衛門が、ある老女の病を、金照明神すなわち高橋富枝に移し替えて治した、という一件である。『高橋富枝師自叙録』（金光教六條院教会、昭和五十六年）は、この一件の回想録を載せるが、その末尾部に、「この持ち代わりとか、お取りさばきとかいうことは、後に教祖より、世間に惑いを起こさせ、お道の発展に邪魔になるからということで、おやめになっております」と記している（『金照明神のみかげ』〈金光教六條院教会、昭和二十六年〉にも同様の記事）点に、注目される。

当時の金光教は、厳しい官憲の監視下に置かれていて、実際に取り締まりを受けてもいたし、世間などの淫祠邪教視の眼に晒されてもいた（前掲拙稿等参照）。お持替が取り止めになったのは、そうした金光教を取り巻く情勢があったからに違いない。初代白神も、『御道案内』著述に当って、そんな情勢に種々配慮している面が認められる（前掲拙稿等参照）。お持替のことを伊原本『御道案内』先引話に全く記さなかったのも、同様の配慮によるものと考えられよう。

そして、お持替のことを記さなければ、それを行った佐藤の存在自体が不要になるのは当然である。結果として初代白神は、佐藤によるお持替ではない方法で、重病の夫を救わなければならなくなったわけである。そこで、先引『信仰回顧六十五年』が回想するように妻が身代りになることを金光教の神に願って拒否されるのでなく、神がそれを聞き届けて夫の病が治り、そのあと今度は夫が神に祈って夫婦ともに救われる、という話を、後半に展開したようである。その話は、初代白神による創作であろうか。だとすれば、その創作がいかに発想されたものであるのか、それが、さらに次の問題ということになろう。

そこで想起されるのが、先の赤染衛門住吉社祈願説話である。同説話のうち、赤染衛門が重病の挙周の身代りになることを住吉明神に祈願し、挙周の病気が治ると、今度は挙周が神に祈願して、赤染衛門もともに助かることになった、という、⑬『古今著聞集』巻八・第三〇二話などの展開型と、先引伊原本『御道案内』所載話が近似すること、明白であろう。遡って佐藤の治病祈願の一件も、禎治郎が重病に陥り、妻のさだのが身代りになることを金光教の神に願う、というところまでは、夫妻と母子の違いはあるが（ただ、宝暦十一年〈一七六一〉写の歌学書『住吉秘伝巻』〈京都大学附属図書館蔵写本〉の所伝の如く、赤染衛門が息子ではなくて夫の身代りになろうとしたとする、恐らくは誤伝も見られる）、⑬などにおいて、挙周が重病に陥り、母の赤染衛門が身代りになることを住吉明神に願うのと、相似する。初代白神は、そこから両者を重ね合わせて、⑬などにおける、神が願いを聞き入れ、挙周の病が治り、今度は母から事情を聞いた挙周が神に願い、最終的に両人共救われる、という、その後の展開を、佐藤の治病祈願の一件の後半部と入れ替えて、先述通りの話を創作した、と考えられないだろうか。

無論、仮に右の推測通りだとしても、初代白神が、人名などを変更するだけで⑬などと全く同じ展開を後半部に置いたとは限らない。例えば、⑬では身代りを申し出た赤染衛門が実際に病気になったとは記されないが、伊原本『御道案内』の妻は、夫の病を引き受けて実際に「病気に重《ヲモ》りける」という状態になる。こうした場合、内容にも変更を加えた可能性が考えられるところだろう。ただ、この事例では、⑬と同様の話を載せる後世の文献にまで目を向ければ、元文元年（一七三六）自序『本朝諸社霊験記』（盛岡市中央公民館所蔵版本の国文学研究資料館所蔵マイクロフィルム）巻三の住吉大明神部「大江挙周の事」が「斯《かく》よみて奉れるに、神感《しんかん》ありて挙周が病よくなりけれ共、母は下向して悦《よろこび》ながら例《れい》ならず見へければ、挙周是を聞、いみじくなげきて」と記載、実際に赤染衛門が病気になったことを明記する（傍線部）ものが見られたりはする。

また、先述通り、前泣不動説話など、赤染衛門住吉社祈願説話と類似の内容を有する話はほかにも見られるのであって、赤染衛門住吉社祈願説話だけが伊原本『御道案内』所載おかげ話と類似するわけではない。しかし、その中で特に赤染衛門住吉社祈願説話に、初代白神が注目することになる、一定の事情が存在していたように思われる。

赤染衛門住吉社祈願説話が伝承されるなかで、先述のように、歌徳説話や身代り説話、孝行恩愛説話としての性格が順次発現したりしているのは、住吉明神とは無関係のところで説話が展開を見せているようで、同明神は、中心的位置を占めることなく背景へと退いているように感じられる。先の④⑤⑥のように、簡略化された結果、住吉明神が全く登場しない場合もあった。しかしそれでも、赤染衛門住吉社祈願説話が基本的に、大阪の住吉社を舞台とする住吉明神の霊験譚でもあること、言うまでもない。同説話は、そういう霊験譚として、江戸から明治に至るまでの少なからぬ文献に収載されてもいる。元禄頃の『住吉松葉大記』神詠部廿三に先引『本朝孝子伝』所載話が引用されているほか、享保二年（一七一七）刊『住吉名所鑑』や寛政六年（一七九四）刊『住吉名勝図会』巻五には、⑬のように挙周がさらに祈念するというような要素を持たない、基本型の赤染衛門住吉社祈願説話が掲載されているし、元文元年（一七三六）自序『本朝諸社霊験記』巻三の住吉大明神部「大江挙周の事」や、あるいは安政年間（一八五四〜六〇）著『摂津名所図会大成』巻七、さらに時代下って明治三十六年（一九〇三）刊『住吉名勝記』（矢嶋誠進堂書店）には、⑬などと同様の展開型の方が載せられている。大阪に布教しに来た初代白神が、何らかの形で、赤染衛門住吉社祈願説話に接した可能性が考えられよう。あるいは、岡山にいる時から既に知っていたとすれば、大阪に来て改めて想起するといったこともあり得たであろう。

初代白神あるいは金光教が、特に住吉社を意識していたという形跡は、認められない。しかし、伊原本『御道案内』には、

・諸社寺々の信厚の致し方とハ万事従前《ジウセン》ニ異《コトナリ》、（巻上）

・何国如何成神社仏閣有《カクアル》とても、金神の守る地内也と宣し、（巻上）

・何処《ドコ》の諸神仏様も不及《ヲヨハス》、爰《コヽ》を以て其尊《ソノタツト》き新《アラ》た成事を知《シル》べし。（巻下）

というように、他の神仏への意識がかなり強く見られる。住吉社は、摂津一の宮であって、大阪の霊験所を紹介した文化十三年（一八一六）刊浪華浜松歌国輯『神社仏閣願懸重宝記』初篇（文政七年に『神仏霊験記図会』と題して再刊）においては、四天王寺に続いて多く取り上げられている。金光教の神の霊験を鼓吹し金光教を布教しようと大阪に来た初代白神が、そんな住吉社に対する意識を、どの程度かは持ったとしても、何ら不思議ではなかろう。とすれば、そうした意識のもとで、同社の霊験譚である赤染衛門住吉社祈願説話を模倣し、あるいはそれに対抗して、佐藤の祈念体験に基づきつつ右に見たようなおかげ話を作成した、というようなことも充分に考え得るのではなかろうか。

以上、推測に推測を重ねたものであって、飽くまで一つの可能性の提示に止まるものなのだが、仮に右の通りであるとするならば、赤染衛門住吉社祈願説話の展開・影響の問題としても、金光教のおかげ話ひいては新宗教説話の生成のあり方の問題としても、一つの興味深い事例であるということに

なろう。

おわりに――「命にかはる」

例えば『平家物語』巻二（新日本古典文学大系）に、

縦さは候共、重盛かうて候へば、御命にもかはり奉るべし。（小教訓）

保元・平治よりこのかた、度々の合戦にも、御命にかはりまいらせんとこそ存候へ。（少将乞請）

其儀にて候はば、重盛が身にかはり、命にかはらんと契ッたる侍共、少々候らん。（烽火之沙汰）

などと、「命にかはる」という表現が見られるが、主君らの命を守るためには、自らの命を犠牲にしてその身代りになることも厭わない、という決意の表明は、この上ない忠誠心の証ともなるものだろう。そして、例えば、屋島にて佐藤嗣信が義経をかばい、「主の御命にかはりたてまッて」矢に倒れた（『平家物語』巻十一嗣信最期）というような、如上の決意が実際の行動に移された場合などは特に、人の心を大いに動かすものがあろう。

あるいは、次に掲げる二首の歌も、いずれも「命にかは（替）る」という表現を含んでいる。

見るまゝに涙ぞ落つる限りなき命に替る姿と思へば

今ハ只恨モアラズ《イ、ジ》諸人ノ命ニカハル我身トオモヘバ前者は、『千載和歌集』（新日本古典文学大系）第一二一二番歌。平安末期、西国三十三所観音巡礼を行った、三井寺僧・覚忠が、「穴うの観音」すなわち現二十一番札所・穴太寺（京都府亀岡市）の観音を見て詠んだ歌である。穴太寺観音は、観音信者である仏師・感世の身代りに矢を受け血を流した、という霊験譚で知られる。身代りに矢を受けるという行動が人の心を動かすのは、佐藤嗣信であっても穴太寺観音であっても同様であり、「見るままに涙ぞ落つる」と、覚忠は詠んでいる。

後者は、天正八年（一五八〇）、三木城（兵庫県三木市）が、籠城戦の末に西国征伐中の秀吉に屈することになった際、臣下らの助命を求めて二十余歳にて自害した、三木城主別所長治が詠んだ辞世。『別所長治記』（新校群書類従）などに載る。同じ君臣間の身代りであるが、義経と嗣信の場合と違って、君主の方が臣下らの命を救うために身代りになった、というもの。その身代りの行動は、人々の心を大いに動かしたことであろう。右の辞世を刻んだ碑が、三木の町を見下ろす三木城址に、今も立っている。

c歌「かはらむといのる命は惜しからで」⑬「すみやかにわが命にめしかふべし」というように、母・赤染衛門も、息子・挙周の命を救うため、自らの命を犠牲にして身代りになろうとしたのであって、右の諸事例と同様に、人々の心に次々と響き続けたことであろう。そのことは、赤染衛門住吉社祈願説話が、先に見た通りならば金光教のおかげ話に至るまで、種々の展開を見せながら長く伝承され続けてきた、その一つの要因となったであろう。

ただし、そんな感動の連鎖のなか、極めて冷めた目で赤染衛門住吉社祈願説話を見ていた説話集が一方にあったことにも、注意しておかねばならない。『撰集抄』（選集抄研究会編『撰集抄全注釈』下巻、笠間書院、平成十五年）巻六・第二話は、

哀はかなき世中かな。誰か一人としても、此世にとゞまりはてゝやむはある。王母一万の寿算、夢のごとし。

かはらんとおもふ命はおしからでさてもわかれん事ぞかなしき

とよみて、住吉の明神に祈し母もとまらず、いのられし子も百の命をや過し。

と、人の命の儚さを言うのに、赤染衛門住吉社祈願説話を引いている。身代りになることを祈った母はもちろん、一旦は身代りになってもらって生き延びることのできた子も、高々百年の命を保つことさえできなかったろう、と説く。実際、赤染衛門は、身代りの一件以後二十年ほどで死去しているし、挙周も、母・赤染衛門のおかげで重病から脱して二十年余り、永承元年（一〇四六）に没している。序でに言えば、やはり住吉明神に命救われた晴明もまた、「百の命」に達することなく生涯を終えている。

確かに、人が延命する話はかえって、その命がそれでも結局は、やがて間違いなく尽きることを思う時、人の命の儚さあるいは空しさを、我々に一層鋭く突き付けるものともなるに違いない。

四　中世文学（散文）に見える住吉社

高見　三郎

一

覚一本『平家物語』[1]は、その巻第十一の巻頭に、

元暦二年正月十日、九郎大夫判官義経、院の御所へまい（ッ）て、大蔵卿泰経朝臣をも（ッ）て奏聞しけるは、「平家は神明にもはなたれ奉り、君にもすてられまいらせて、帝都をいで、浪のうへにたゞよふおちうととなれり。しかるを此三箇年があひだ、せめおとさずして、おほくの国々をふさげらるゝ事、口惜候へば、今度義経にをいては、鬼界・高麗・天竺・震旦までも、平家をせめおとさざらんかぎりは、王城へかへるべからず」とたのもしげに申ければ、法皇おほきに御感あ（ッ）て、「相構て、夜を日につぎて勝負を決すべし」と仰下さる。……（中略）……

同二月三日、九郎大夫判官義経、都をた（ッ）て、摂津国渡辺よりふなぞろへして、八嶋へすでによせんとす。　（巻第十一・逆櫓）[2]

と、西国へ向かう源義経の動向を記す。この後の志度合戦に続き、住吉社にかかわる記述が次のように見える。

判官都をたち給ひて後、住吉の神主長盛、院の御所へまい（ッ）て、大蔵卿泰経朝臣をも（ッ）て奏聞しけるは、「去十六日丑剋に、当社第三の神殿より鏑矢の声いでて、西をさして罷候ぬ」と申ければ、法皇大に御感あ（ッ）て、御剣以下、種々の神宝等を長盛して大明神へまいらせらる。むかし神功皇后、新羅をせめ給ひし時、伊勢大神宮より二神のあらみさきをさしそへさせ給ひけり。二神御船のともへに立（ッ）て、新羅をやすくせめおとされぬ。帰朝の後、一神は摂津国住吉のこほりにとゞまり給ふ。住吉の大明神の御事也。いま一神は信濃国諏訪のこほりに跡を垂る。諏訪の大明神是也。昔の征戎の事をおぼしめしわすれず、いまも朝の怨敵をほろぼし給べきにやと、君も臣もたのもしうぞおぼしめされける。　（巻第十一・志度合戦）〈大系本、三三六頁〉

「住吉の神主長盛」が後白河院へ、二月十六日の午前二時頃に住吉社第三の神殿から鏑矢が音をたてて西をさして飛んで行ったことを奏上し、後白河院は感動し「御剣以下、種々の神宝等」を「大明神」へ献じたと述べ、続けて「住吉の大明神の御事」を覚一本『平家物語』は記している。

平家物語には、

『平家物語』は一作家の創造活動の産物として、孤立的固定的完成体として作り出されたのではなく、源流から生々流転する流動態として存在したのであり、個々の伝本は、単なる書写上のミスや恣意より生じた異本として片付けられるものではなく、それぞれ別個に、その時代性、地域性、社会性からなる成立の要因を背負って、いわば時代の顔を持って存在しているのである。(3)

といわれるように、本文の相当異なる伝本が数多く存する。前述覚一本『平家物語』の鏑矢の話の中の「一神は摂津国住吉のこほりにとゞまり給ふ。住吉の大明神の御事也」という部分について、延慶本『平家物語』(4)の本文は、

一神ハ摂津国住吉郡ニ留給フ、即住吉大明神ト申ス、此明神ハ治レル世ヲ守ンカ為ニ、武梁ノ塵ニ交リテ、齢白髪ニ傾カせ給ヘル老人ノ翁ニテソ渡せ給ケル　（第六本）〈影印本、六〇・六一頁〉

と、「齢白髪ニ傾カせ給ヘル老人ノ翁」という表現が見られる。また、『源平盛衰記』(5)も、

一人ハ摂津国住吉郡ニ留給フ、今ノ住吉大明神是也、巨海ノ浪ニ交テハ水畜ヲ利益シ、禁闕ノ窓ニ臨テハ玉躰ヲ守護せリ、社ハ千木ノ片殺神寂松ノ緑生替、形ハ皤々タル老翁也、幾萬世ヲ経給ケン　（巻第四十三）〈影印本、一四三・一四四頁〉

と「老翁」の表現が見られるほか、「社ハ千木ノ片殺（そぎ）……」等、覚一本『平家物語』とは異なる本文状態が見られる。「老翁」に関して、西本泰氏『住吉大社』は、

住吉大神は、「あら人神」すなわち現実に姿を顕わし給う神である、とする信仰があった。住吉

明神と称えられて、白い鬚をはやした老翁の姿で庶人に親しまれたのである。社蔵の掛軸に、細川勝元や狩野元信筆の住吉明神像があるが、いずれも白鬚の老翁である。　（一〇五頁）

と記している。

また、『太平記』にかかわって、西本泰氏『住吉大社』は、

楠木正成もまた深く当社を崇敬して祈願をこめ、元弘二年（一三三二）八月三日、神馬三疋を献納したことが『太平記』[6]にみえている。　（一一七頁）

と指摘している。『太平記』本文、

元弘二年八月三日、楠兵衛正成住吉ニ参詣シ、神馬三疋献㆑之。

（巻第六、正成天王寺未来記披見事）〈大系本、一九三頁〉

によったものである。その他の『太平記』に見られる「住吉」にかかわる記述の中から、「二度紀伊国軍事　付住吉楠折事」（巻第三十四）を紹介してみよう。

後村上帝側の「四条中納言隆俊卿」が「龍門山ノ軍ニ打負テ阿瀬河へ落」ちて、「吉野ノ主上ヲ始進セテ……月卿雲客、色ヲ失ヒ胆ヲ銷シ給フ」という状況において、

斯ル處ニ又住吉ノ神主津守国久密ニ勘文ヲ以テ申ケルハ、今月十二日ノ午剋ニ、当社ノ神殿鳴動スル事良久シ。其後庭前ナル楠、不㆓風吹㆒中ヨリ折レテ、神殿ニ倒レ懸ル。サレ共枝繁ク地ニ支テ、中ニ横ハル間、社壇ハ無㆑恙トゾ奏シ申ケル。

（大系本、二八九頁）

と、住吉社庭前の「楠」が風も吹かないのに折れて神殿に倒れ懸かったという話を記している。「社檀ハ無レ恙」ではあるが、

諸卿此密奏ヲ聞テ、「神殿ノ鳴動ハ凶ヲ示シ給条無レ疑。楠今官軍ノ棟梁タリ。楠倒レバ誰カ君ヲ擁護シ奉ルベキ。事皆不吉ノ表事也。」ト、私語キ合レケルヲ……（大系本、二八九頁）

と、諸卿がささやき合われるのに対して、「大塔忠雲僧正」は、「此事吉事ナルベシトハ難レ申。但神凶ヲ告給フハ、天未レ捨也。其故ハ…」（大系本、二八九・二九〇頁）と、その理由を述べ、最後に、

住吉大明神ノ四海ノ凶賊ヲ静メ給ヒシ御託宣ニ曰、「天慶ニ誅二凶徒一昔ハ我為二大将軍一、山王ハ為二副将軍一。承平ニ静二逆党一時山王ハ為二大将軍一、我ハ為二副将軍一。山王ハ鎮ニ飽二一乗法味ニ一。故ニ勢勝二我ニ一云云。」彼ヲ以テ此ヲ思フニ、叡慮徳ニ趣キ、四海ノ民ヲ安穏ナラシメント思召ス大願ヲ被レ発、以二法味ヲ一神力ヲ被レ添候ハヾ、朝敵ハ還テ御方ニナリ、禍ハ転ジテ幸ニ帰セン事、疑フ處ニ非ズ。」ト被レ申ケレバ　（大系本、二九一頁）

と方途を述べる。それらの考えを聞いて、

群臣悉此旨ニ順ヒ、君モ無レ限叡信ヲ凝サセ給テ、軈《ヤガ》テ住吉四所ノ明神、日吉七社権現ヲ勧請シ奉テ、座サマサズノ御修法ヲ百日ノ間行ハセラル。（大系本、二九一頁）

と、住吉明神・山王権現を勧請し、百日間の御修法が行われたという記述になっている。

二

「室町時代物語」等と呼称される作品群の中に、「住吉縁起」(「住吉本地」)という一篇が存する。比較的早く、昭和十七年に、当時の横山重氏蔵写本の全文翻刻が『室町時代物語集　第五』に収載され、慶応義塾図書館蔵に移った同書が、再び『室町時代物語大成　第八』に全文翻刻収載されている。「解題」に、

住吉縁起の伝本としては、本書の外に、わづかに東大国文学研究室に「住吉本地」と題した奈良絵本のあるのを知るに過ぎない。東大本には、幾箇所も落丁があつて、本文が通らないが、[7]……

と記され、「同じ内容をもつ伝本[8]」は、この二本ということになるとされるものである。慶応本(横山重氏旧蔵本)の書写年代は、「元禄ごろであろう[9]」とされる。その後、これらの慶応本・東大本とは本文の異なる別系統の「住吉の本地」として、国学院大学付属図書館蔵『住吉の本地』(絵巻三軸)、大阪市立博物館蔵『住吉の本地』(絵巻二軸、上欠)の全文翻刻が紹介されている。[10]本稿では、慶応本の本文により、「住吉縁起」のおおよそを見ることとする。

慶応本『住吉縁起』は、次の冒頭部分から始まる。

それ、わかてうは、そくさんへんちの、小国たりと、申せとも、大国にまさりて、人のちへもかしこく、くにもめてたく、さかへゆくことは、神国として、三千七百よしやの大小のしんき、み

やうたう、ひかりをやわらけ、おうこし給ふによてなり

中にも、もつはら、わうしやうを、まもり給ふは、二十二しやに、えらはれ給ふ、また玉たひに、ちかつきて、毎日ちんこし給ふをは、三十番神と、さため給ふ

ちはやふる、神のちからは、まち〳〵なりと申せとも、津の国、つもりのうら、すみのえに、あとをたれ給ふ、すみよし大明神のれいけん、ことにすくれてあらたなり

されは、大こくのゐひすら、につほんは、小国なりとあなとり、うちとらんとする事、七か度におよひしかとも、一とも、わか国のなん、なかりける事は、ひとへに、すみよしの大明神、あらみさきと、なり給ふゆへなり

そも〳〵、たうしや、すみよし大明神と、申たてまつるは地神第五代、うかやふきあわせすのみことの、すひしやくし給とそ、きこへける　（大成本、四二・四三頁）

読みやすさを考慮し、私に漢字を宛て、濁点を付し整えた表記を示す。

（それ我朝は、粟散辺地の小国たりと申せども、大国に勝りて人の智恵もかしこく国もめでたく栄へゆく事は、神国として三千七百余社の大小の神祇冥道、光を和らげ擁護し給ふによてなり

中にも専ら王城を守り給ふは、二十二社に選ばれ給ふ、また、玉体に近付きて毎日鎮護し給ふをば三十番神と定め給ふ

千早振る神の力はまちまちなりと申せども、津の国津守の浦住の江に跡を垂れ給ふ住吉大明神の霊験、殊に勝れてあらたなり

されば、大国の夷等、日本は小国なりと侮り討取らんとする事七か度に及びしかども、一度も我国の難無かりける事は、偏へに住吉の大明神、荒御先となり給ふ故なり

抑、当社住吉大明神と申し奉るは、地神第五代鸕鷀草茅葺不合尊の垂迹し給ふとぞ聞へける

この冒頭部分に続いて、さまざまな話が記されるが、「そさのをのみこと」（素戔嗚尊）・「ひこほゝでみのみこと」（彦火火出見尊）・「しんくうくはうこう」（神功皇后）等にかかわる話が詳しい。例えば、神功皇后関係では、前述平家物語記載を紹介した点が、

いくさひやうちやうの、御ためにとて、皇后、もろ〳〵の、天神地祇を、しやうし給ふところに、伊勢皇太神宮より、二人のあらみさきを、まゐらせらる、一人は、すみよし大明神、一人は、すわ大明神なり　（大成本、六一頁）

（軍評定の御為にとて、皇后、諸々の天神地祇を請じ給ふところに、伊勢皇太神宮より二人の荒御先を参らせらる、一人は住吉大明神、一人は諏訪大明神なり）

と記されている。また、

そのゝち、くはうこう、やまとの国、十市《とをち》のさと、わかさくらのみやに、うつらせ給ふとき、津の国、つもりのうらに、こんしきのひかり、たちけると、御ゆめを、み給ふによつて、ちよくし

を立て、みせ給へは

すみよしの大明神、一人のをきなと、けんし給ひつゝ、ますみよしの、くになれは、われを、このところめ《(に)》、あかめよ、にしをまもりの、神とならんと、のたまひ、かきけすやうに、うせ給ふ

ちよくし、かへりまいりて、このよしかくと、そうもん申けれは、みかと、しんたくをしんし給ひて、すなはち、やしろをつくり、すみよし四所明神と、あかめ給ひけり

四しやのうち、一座は、てんしやう大しん、一座は、たきりひめ、一座は、そこつゝを、中つゝを、うはつゝを、いま一座は、しんくうくはうくうにて、おはします

みやしろのありさま、よのしやとうには、ようかはり、いつれも、にしにむかはせて、たたせ給ふも、いこくのゑひすを、ふせき給はんとの、御しんたく有ゆへなり　（大成本、六四・六五頁）

（その後、皇后、大和の国十市の里若桜の宮に移らせ給ふ時、津の国津守の浦に金色の光立ちけると御夢を見給ふによつて、勅使を立て見せ給へば

住吉の大明神、一人の翁と現じ給ひつつ、真住吉の国なれば、我をこの所め《(に)》崇めよ、西を守りの神とならんと宣ひ、掻消すやうに失せ給ふ

勅使帰り参りて、この由斯くと奏聞申しければ、帝神託を信じ給ひて、即ち社を造り、住吉四所明神と崇め給ひけり

四社の内、一座は天照大神、一座は田霧姫、一座は、底筒男・中筒男・上筒男、いま一座は神

功皇后にておはします
御社の有様、余の社頭には様変はり[11]、いづれも西に向かはせて立たせ給ふも、異国の夷を防ぎ
給はんとの御神託有る故なり）

というような記述も見られる。その他、

されは、いまの世までも、としことの、みな月の、すへつかた、明神、御むまをそろへて、み給ふことは、三かんのそくとらを、はらひ給はん、きしきなり
また、む月の中比に、たからの市を、たて給ふ事は、かのとこよのくにより、みちひの玉と申、たから物を、あまのいはくすふねに、つみのせて、明神へ、さゝけたてまつりし、きしきを、まねひ給ふとかや　（大成本、七〇頁）

（されば、今の世までも年毎の水無月の末つ方、明神御馬を揃へて見給ふ事は、三韓の賊徒等を祓ひ給はん儀式なり
また、睦月の中頃に宝の市を立て給ふ事は、かの常世の国より満干の玉と申す宝物を天磐樟船に積載せて明神へ捧げ奉りし儀式をまねび給ふとかや）

と、六月末の馬揃えや、一月中頃の「宝の市」が記されている点、『住吉縁起』の成立事情、作者等が明確でないので、それらが事実であったかどうか、もとよりさだかではないが、このような記載の存することは注目される。

これにすぐ続く部分が一篇の末尾で、

されは、当代の人民、こゝろやすくして、世にすめることは、ひとへに、すみよしの大明神の、おうこの御めくみなれは、ほうしやのためにも、あゆみをはこひ、あかめたてまつるへしましていはんや、こんしやうのめいはう、らい世のちぐうをや、ちへをいのるにも、ふくをねかふにも、のそみ、ならすといふ事なしことさら、当しやの明神は、わかをもつはら、あひせさせ給ふなれは、うたをよまんと、おもはん人は、このやしろを、しんしたてまつるへし（大成本、七〇・七一頁）

（されば、当代の人民心安くして世に住める事は、偏へに住吉の大明神の擁護の御恵みなれば、報謝の為にも歩みを運び崇め奉るべしまして況んや、今生の名望、来世の値遇をや、智恵を祈るにも福を願ふにも、望み成らずといふ事無し殊更、当社の明神は、和歌を専ら愛せさせ給ふなれば、歌を詠まんと思はん人は、この社を信じ奉るべし）

と、『住吉縁起』は締めくくられている。

三

同じく「室町時代物語」の一つである「酒呑童子」は、「鬼の棲処を丹波国大江山とするものと、近江国伊吹山とするものとの二種があり、共に絵巻の類が数多く伝存する」[12]とされるものである。話の展開の中で、源頼光、渡辺綱等が住吉社等の加護を祈願する場面がある。渋川版御伽草子本『酒呑童子』[13]の本文を示すと、次のごとくである。

われらが力にかなふまじ、仏神に祈をかけ、神の力を頼むべし、尤しかるべしとて、頼光と保昌は、八幡に社参有（り）ければ、綱、公時は住吉へ、定光と末武は熊野へ参籠仕り、様々の御立願……

（大系本、三六四頁）

この場面、すなわち、住吉社等の様子が挿絵に描かれているのが、曼殊院本『酒呑童子絵巻』および大東急記念文庫本『大江山絵詞』である。

曼殊院本『酒呑童子絵巻』は、

この絵巻は、近世の前期、当代一流の貴紳三氏が上中下三巻を一巻ずつ分担して書写した格調高き逸品であって、上巻は曼殊院門跡第二十九世良尚親王の筆に成る。[14]

また、

絵師の名は不明。良尚親王は絵を狩野探幽に師事した。[15]

とされる。『太陽　古典と絵巻シリーズⅢ　お伽草子』五四・五五頁所載の絵を見るに、右から、石清水社・住吉社・熊野社の順で、住吉社の部分は、浪・小舟・浜・松・鳥居・人物（六人）・反橋・社殿の一部等が描かれている。

大東急記念文庫本『大江山絵詞』の本文は、

頼光のおほせにて、つな、きん時は、住吉へさんらふいたし候へとの御事にて、人あまたくしつゝ、すミよし、あへの、ひはまに舟をつけ、それより宮まうてし給て、三日三夜つやし玉へハ、ふしきのじげんこそあらたなれ（上）[16]

であり、絵の構図は、ほぼ曼殊院本と同様で、小舟・浜・松・鳥居・人物（五人）・反橋等描かれている（影印本、一四二頁）。大東急記念文庫本は、「江戸極初期写」、「著者　未詳」、「挿絵は狩野派風」とされている。[17]曼殊院本、大東急記念文庫本の絵は、ともに、住吉社の反橋の存在を確認できるものであろう。

渋川版御伽草子本『酒呑童子』の挿絵に、住吉社の場面はなかったが、渋川版御伽草子本の中で住吉社が出てくるのが、『一寸法師』である。浪・浜・松・鳥居・反橋等の中に、「御器《ごき》」の舟に乗った一寸法師が描かれている（大系本、三二〇頁）。この一寸法師については、

これも版本は御伽草子本一種しか現存せず、写本も御伽草子本の本文の写しとすべき本だけである。ただし、別に「小男の草子」と呼ばれる作品があり、この方には、天理図書館蔵慶長十二年

絵巻・赤木文庫蔵室町末期頃絵巻・高安六郎氏旧蔵室町末期頃奈良絵本をはじめ、江戸初期の絵巻や奈良絵本が伝存している。本文もそれぞれに異同が多く、広く流布した作品のようである。(18)とされる。「小男の草子」の類には、住吉社とかかわるような部分は存しないが、真弓常忠氏『住吉信仰』も

室町時代以来、広く知られている「一寸法師」の物語は、『御伽草子』に書かれています。子どもに恵まれない老夫婦が、住吉明神に祈って授かったのが、小さな一寸法師、この子が、針の刀に麦わらの鞘、お椀の舟に箸の棹で、住吉の浦から舟出して、京にのぼり、鬼を退治して出世するという物語です。（五二頁）

と記すように、渋川版御伽草子本『一寸法師』は、

中ごろのことなるに、津の国難波の里に、おうぢと、うばと侍り。うば四十に及ぶまで、子のなきことを悲しみ、住吉に参り、なき子を祈り申（す）に、大明神あはれとおぼしめして、四十一と申（す）に、たゞならずなりぬれば、おうぢ喜び限りなし。やがて十月と申（す）に、いつくしき男子をまうけけり。（大系本、三一九頁）

で始まり、

住吉の御誓に、末繁昌に栄へ給ふ。世のめでたき例、これに過ぎたることはよもあらじとぞ申（し）侍りける。（大系本、三二六頁）

で終わる構成となっている。「室町時代物語」類の現存本としては渋川版御伽草子本の一本のみではあるが[19]、住吉社と一寸法師とのかかわりが見られる。

注

(1) 龍谷大学図書館蔵本を底本とした校訂本、日本古典文学大系『平家物語　下』(高木市之助・小澤正夫・渥美かをる・金田一春彦校注)の本文による。

(2) 注(1)文献、三〇二・三〇三頁。引用に際して、原則として傍訓等は省略する。以下同様。

(3) 麻原美子「『平家物語』諸本研究の展望」(「講座日本文学　平家物語　上」〈解釈と鑑賞別冊〉昭和五十三年三月)一二七・一二八頁。

(4) 大東急記念文庫蔵本の影印本『延慶本平家物語　第六巻』(汲古書院)による。

(5) 国立公文書館内閣文庫蔵十一行古活字本の影印本『源平盛衰記慶長古活字版　六』(勉誠社)による。

(6) 慶長八年古活字本を底本とした校訂本、日本古典文学大系『太平記』(後藤丹治・釜田喜三郎校注〈三は、後藤丹治・岡見正雄校注〉)の本文による。

(7) 「解題」(横山重・太田武夫校訂『室町時代物語集　第五』)四四八頁。(井上書房刊復刻本による)

(8) 横山重・松本隆信編『室町時代物語大成　第八』四二頁。

(9) 注(8)文献、四二頁。

(10) 国学院大学図書館本の翻刻は、徳江元正・宮田和美「〈翻刻〉「住吉の本地」(絵巻三軸)」(『中世文学』28、昭和五十八年十月)および村上学校注『神道大系　文学編二　中世神道物語』、大阪市立博物館本の翻刻は、福原敏男「大阪市立博物館蔵「住吉の本地」(上)・(下)」(『すみのえ』昭和六十一新年号・昭和六十一年春季号)。

(11)「よう」は、「やう（様）」と考える。

(12) 松本隆信『中世庶民文学』二八九頁。

(13) 上野図書館蔵本を底本とした校訂本、日本古典文学大系『御伽草子』（市古貞次校注）の本文による。

(14) 佐竹昭広『酒呑童子異聞』一二九頁。

(15) 注(14)文献、一三八頁。

(16)『大東急記念文庫善本叢刊中古中世篇3　物語草子II』一四一頁。

(17) 注(16)文献、「解題」（島津忠夫）七・八頁。

(18) 注(12)文献、二八七頁。

(19) 明治時代の「大江小波《さゝなみ》述」「日本昔噺」第十九『一寸法師』（明治二十九年刊）は、「住吉の明神様へお参詣《まゐり》しまして」となっている（臨川書店刊の複製本による）。

[付記]　本稿は、平成十六年四月二十四日、住吉セミナー〝住吉社と文学（散文）〟（於、住吉大社記念館）において「中世文学の諸相」と題して述べたことを、少しく補い、整えたものである。資料の入手等で、八木意知男氏の御配慮をいただいた。記して、感謝申し上げる。

五　西鶴の文学と住吉社

山﨑（正木）ゆみ

はじめに

旺盛なサービス精神で、元禄上方町人文化を盛り上げた俳諧師・作家井原西鶴は、寛永十九年（一六四二）に大阪で生まれ、元禄六年（一六九三）五十二歳の時、大阪で亡くなった生粋の大阪人であった。その西鶴が、大阪の住吉社やその周辺の土地を実際に訪れており、彼の俳諧や浮世草子に、様々な形で住吉社や周辺の土地が描かれていることについては、従来、豊富な事例をあげて指摘されている。(1)

本稿では、先行研究も踏まえつつ、できるかぎり新たな視点で、住吉社やその周辺を取り上げた西鶴の文学を改めて読み解き、西鶴にとって住吉社がどのようなイメージを持っていたのかを考察していく。その考察を通して、西鶴の文学の魅力を示してみたい。

一　俳諧の誠と住吉社

西鶴と住吉社との関わりで最も著名なのは、貞享元年（一六八四）西鶴四十三歳の年、六月五日から六日にかけて、住吉社の神前で、二万三千五百句を一人で続けざまに詠み、矢数俳諧の大記録を達成したことであろう。矢数俳諧とは、京都三十三間堂で一昼夜に射る矢の数の多さを競う「大矢数」にならった一種のパフォーマンスである。大勢の観衆の前で、一昼夜に一人で詠む連句の多さを競った。西鶴が、延宝五年（一六七七）に矢数俳諧を創始し流行させ、各地に挑戦者を生み、西鶴は、それらの挑戦者たちと記録を競い合った。俳諧師西鶴にとって、矢数俳諧は、大阪の観衆に自らを売り込む一大イベントであり、他人に記録を破られるのは我慢がならず、常にナンバーワンでありたかった。住吉神前での矢数俳諧は、絶対に誰にも破られない記録を樹立すべく西鶴が企画したものであった。

矢数俳諧の流行や、住吉神前での矢数俳諧については、注（1）にあげた先行研究や多くの西鶴研究などに触れられているので詳細はそれらに譲り、ここでは、住吉神前での矢数俳諧の折の西鶴の発句を取り上げてみたい。住吉神前の矢数俳諧の連句については、全貌を知る記録は残っていないが、唯一、西鶴自らが、大記録達成後に発句（＝連句の最初の一句）を記した短冊のみが柿衞《かきもり》文庫に残されている。その短冊には、「住吉奉納／大矢数弐万三千五百句／神力誠を以《もつて》息の根留る大矢数／二万翁」(『新潮古典文学アルバム17　井原西鶴』による。新潮社、一九九一年）と記されている。「二万翁」は、西鶴が、大記録を樹立した自らを称した署名である。

従来指摘されてきたように、この句から、自ら大記録を樹立して矢数俳諧の息の根を留めようとする西鶴の並々ならぬ意気込みを読み取ることができる。「神力」は、言うまでもなく、古来和歌の神として信仰されてきた住吉明神の力を指す。(2)西鶴が、矢数俳諧の息の根を留める場所として住吉社を選んだのは、和歌の神として崇められてきた住吉明神の力を借りるためであった。(3)

さて、ここで注目したいのは、「誠を以」という表現である。この「誠」は、俳諧に真摯に打ち込む西鶴の心のあり方を指していると読むことができよう。(4)この句から、西鶴にとって、住吉明神が、誠を貫く俳諧師や俳諧の誠を守る神として存在していたことがうかがえる。実は、このような、誠を貫く俳諧師や俳諧の誠を守る住吉明神というイメージは、西鶴の他の作品でも見出すことができるので、次にいくつか紹介してみよう。

まず、西鶴が編んだ俳書『俳諧石車』(元禄四年〈一六九一〉刊行）巻一の本文を引いてみる。この書は、西鶴を含む多くの俳諧師を批判した加賀田可休編『物見車』(元禄三年〈一六九〇〉刊行）という俳書に対して、反論したものである。

ここに千人持《もち》の石車を、俳諧誠の道に引掛《ひきかけ》、これに和歌三神《さんじん》も乗《のり》移り給ひ、物見車を跡へも先へ

もやらず、落花微塵《らっかみぢん》に打くだきぬ。（『定本西鶴全集』第十二巻による。中央公論社、一九七〇年）

ここでは、西鶴は、自分の書いた『俳諧石車』が、頑丈な運搬車である「千人持の石車」のように手堅いものであり、その石車を、俳諧の誠の精神に従って進め、そこに「和歌三神」もお乗りになるので、誠のない『物見車』など粉々に打ち砕いてしまう、ということを述べている。「和歌三神」は、和歌の守り神のことで、一般に住吉明神、玉津島明神、柿本人麻呂を指し、連歌・俳諧の席では、和歌三神の姿絵や、名前を書いた軸を掛ける風習があった。この『俳諧石車』の本文から、西鶴が、住吉明神を含む和歌三神を「俳諧誠の道」へと導く神と考えていることがうかがえる。

次に、浮世草子『西鶴織留《おりどめ》』から引いてみたい。西鶴は、天和二年（一六八二）四十一歳の時に『好色一代男』を出版して、作家として華々しくデビューした。以来、彼は、俳諧師の活動と並行して、人の世の諸相を様々な角度からリアルに描く浮世草子の作者としても活躍した。『西鶴織留』は、西鶴の没後、弟子の北条団水《だんすい》（宝永八年〈一七一一〉四十九歳で没）が西鶴の遺稿を集めて、元禄七年（一六九四）に出版した浮世草子で、『日本永代蔵』（貞享五年〈一六八八〉刊行）や『世間胸算用』（元禄五年〈一六九二〉刊行）と並ぶ町人物である。その巻三ノ二に、次のような文章が見える。

昔日《そのかみ》の俳諧師は、（中略。勤勉で師匠の指示に忠実に従い）心に誠あれば自然と神慮に叶ひぬ。（中略）今時の点者《てんじゃ》といふをみれば、（中略。ろくに修行をせず、権威だけをふりかざす）この偽りの心からは、住吉へ参詣し給ふとも、神は見通《どを》し、内陣から「誠なき俳諧師がまいつた」と御良《おかほ》をふ

らせ給ひて請《うけ》たまふまじ。　（日本古典文学大系48『西鶴集下』による。岩波書店、一九六〇年）

前半では、昔の俳諧師は、勤勉で熱心に修行し、俳諧に打ち込む誠の心があるので、自然と「神慮」、つまり、和歌三神や、和歌の神である天神に気に入られ、守られていたということを述べる。それに対し、後半では、ろくに修行せず、権威だけをふりかざす今時の俳諧師を、ユーモアも交えつつ批判している。すなわち、今時の俳諧師が、表面だけをそれらしく装ったいい加減な心掛けで住吉社へ参詣しても、住吉明神は、その俳諧師の心掛けをお見通しで、本殿の奥から、「誠のないうわべだけの俳諧師が参りよった」と、お顔をそむけられて、エセ俳諧師の参詣はお請けなさらないだろう、と述べる。

ここでは、昔の俳諧師と今時の俳諧師を対比する中で、住吉明神が、俳諧師の誠を見抜き、誠ある俳諧師を守る神として描かれている。この例や、前述の矢数俳諧大記録樹立の場として住吉社を選んだ例などからも、西鶴が、誠ある俳諧師を守る和歌三神の中でも、とりわけ住吉明神を、深く信奉していたことがうかがえよう。

このような、俳諧師西鶴の住吉明神に対する信奉の深さやイメージが、浮世草子創作の上でも重要な機能を果たす可能性は十分に予想できるところである。従って、次節以下では、そのような例の一つとして、西鶴の浮世草子『西鶴名残の友』（以下『名残の友』と略称）の一話を取り上げてみたい。

二　誠ある俳諧師安原貞室のエピソード

『名残の友』もまた、西鶴の没後、弟子の団水が西鶴の遺稿を集めて、元禄十二年（一六九九）に出版した遺稿集である。西鶴が、古今の実在の俳諧師たちのエピソードを虚実織り混ぜて描いた短編集となっており、笑話的な側面も指摘されている。(5)『名残の友』巻一ノ二に、「今時の俳諧師、我をはじめて誠少なし」（新日本古典文学大系77『武道伝来記　西鶴置土産　万の文反古　西鶴名残の友』による。以下『名残の友』は本書による。岩波書店、一九八九年）という文章がある。この文章が、前節で引いた『西鶴織留』巻三ノ二の今時の俳諧師批判と通じること、及び、このような西鶴の感慨が、『名残の友』の根底にあり、誠ある俳諧師が、理想的に描き出されていることが指摘されている。(6)ここでは、そのような誠ある俳諧師の一人、安原貞室《ていしつ》（寛文十三年〈一六七三〉六十四歳で没）を取り上げた、巻二ノ二を読んでみる。

『名残の友』巻二ノ二の前半では、ある年の三月一日、京都の高名な俳諧師安原貞室が、汐干狩りのために、弟子や家来たちと住吉に出かけ、逗留した時のエピソードを描く。江戸時代の大阪の年中行事を記した『難波鑑《なにわかがみ》』（延宝八年〈一六八〇〉刊）巻二には、住吉の汐干狩りは、毎年三月三日に行われ、大阪だけでなく、京都からも着飾った多くのレジャー客が集まり、干上がった砂浜で蛤を採って興じたり、川舟の上で歌ったり、酒盛りなどをする賑やかな年中行事であったことが記される。そ

図1　『難波鑑』

図2　西鶴画『高名集』

の『難波鑑』巻二から、汐干狩りの楽しそうな情景を描いた挿絵をあげておく（図1）。

また、西鶴が挿絵を描いたとされる[7]絵入りの発句集『高名集』（天和二年〈一六八二〉刊行）の中で、一時軒惟中《いちゆう》（正徳元年〈一七一一〉七十三歳で没）が詠んだ住吉の汐干狩りの発句に添えて、西鶴が、住吉の浦に汐干狩りに訪れた川舟と、住吉社の鳥居を描いている（図2）。なお、『芦分船《あしわけぶね》』（延宝三年〈一六七五〉刊行。江戸時代の大阪のガイドブック）巻二には、当日は、盃を水に流す曲水の宴も催されたことが記される。

その汐干狩りの当日、貞室一行がどのような様子であったかを、『名残の友』巻二ノ二から引用してみよう。

> 今日は三日の桃の花、（中略）「大坂酒に曲水の宴ぞかし」（中略）「吸筒《すいづつ》を忘れな。茶弁当に火箸は入《いれ》たか。からし酢はこの徳利《とくり》にあり。塩は。堺を

初めて見る事嬉しや」と、下々《したじた》いさみて、駕籠布団敷《しき》て、「召しませい」と言ふ時、貞室立出《たちいで》られしが、座して、「今日の参詣成難《なりがた》し。いかにしても汐干の発句思はしからず」と、末々の者ばかり見せに遣はし、その身は宿に残られける。貞室程の作者、世の常の発句なきにはあらず。「世の沙汰にならざる一句はいと口惜《くちをし》」と、この道に執心深き事を感じぬ。

潮干狩りのできる三月三日になり、貞室の家来たちは、大阪の名酒が飲める曲水の宴も楽しみで、「酒を入れる水筒を忘れるな。茶道具を入れる箱に、火箸を入れたか。からし酢はこの徳利に入れた。塩は入れたか。堺を初めて見るのは嬉しいよ」などと言いながら、うきうきとした気分で準備に余念がない様子である。あとは、主人の貞室様の用意が整うのを待つばかりと、貞室の乗る駕籠に布団を敷いて、「いざ出発、お出なされ」と家来が呼ぶと、貞室は部屋から出て来たが、そこに座り込んで、「今日の参詣は無理なんだよ。どうしても汐干狩りの発句が思うようにできないのでね」と言って、家来たちだけ行かせ、結局、一人宿に残っていた。

そのような貞室の態度に対して、最後に西鶴のコメントが記されている。貞室殿程のすぐれた作者だったら、並の出来の発句を作れないわけはない。多分、貞室殿は、「世間の評判にならないつまらない句しかできないのは、なんともくやしいことだ」と思われたのだろう、とその心情を推し量り、俳諧の道に懸ける貞室の執心の深さに感嘆している。並の句では満足せず、世の評判になるような発句を作ることに苦心する貞室は、まさに、西鶴が理想とする誠ある俳諧師として描かれているといえよう。

さて、前述したように、『名残の友』は、実在の俳諧師のエピソードを虚実織り混ぜて創作した作品である。では、この貞室のエピソードでは、どのように虚実が織り混ぜられているのであろうか。この問題について次節で検討し、西鶴が、貞室のエピソードを創作するにあたり、前節で見た、西鶴の住吉明神に対するイメージが重要な鍵となっていたことを示してみたい。

三　作り替えられたエピソード——柏原から住吉へ——

『名残の友』巻二ノ二に登場する貞室が編集した俳書『玉海集《ぎょっかいしゅう》』（明暦二年〈一六五六〉八月刊行）巻一「雑春」に、「三月三日住よしの塩干にそのほとりの寺にて酒のみて」という詞書を付した、「住よしやひしほも春の海さかな　同（貞室）」（『第二期　近世文学資料類従　古俳諧編40　玉海集(上)』による。勉誠社、一九七四年）という発句が見える。[8] この句の存在により、貞室が、『玉海集』が刊行された明暦二年八月以前に大阪に赴き、三月三日の住吉の汐干狩りの日に、発句を詠んでいたという事実が確認できる。

しかし、前節で見た『名残の友』巻二ノ二では、貞室が住吉の汐干狩りの日に、すぐれた発句ができないために、一人宿にとどまっていたというエピソードが描かれている。とすれば、西鶴は、事実を作り替えていることになる。

ここで留意されるのは、すぐれた発句を作ろうと苦心する『名残の友』巻二ノ二の貞室のエピソードについては、貞室に関する別の事実がモトネタとして指摘されていることである。すなわち、井上敏幸氏によって、『名残の友』巻二ノ二の、住吉を舞台とした、貞室が発句の創作に苦心する話は、貞室が、大阪の柏原に住む三田《さんだ》浄久《きよひさ》（元禄元年〈一六八八〉八十一歳で没）という俳諧師を訪れた折の事実をヒントにしたもの、ということが指摘されている。(9)

『名残の友』巻二ノ二の後半では、貞室が大阪に滞在していることを知った俳諧師三田浄久が、初夏に貞室を柏原に招いた時のエピソードが記されており、貞室が所持していた琵琶の名品を、琵琶を知らぬ柏原の小百姓たちが、形状の類似から、「神代《じんだい》の秤《はかり》の家」（＝大昔の秤の入れ物）と勘違いした笑話的な落ちで終わっている。(10)

貞室が柏原の浄久を訪ねたことも、浄久自身の著書である『河内鑑《かわちかがみ》名所記』（延宝七年〈一六七九〉刊行。河内のガイドブック）巻四に記載があり、事実として確認できる。そこに、発句に苦心する貞室のエピソードが記されており、そのエピソードが、『名残の友』の、柏原を舞台とした後半部ではなく、住吉を舞台とした前半部のヒントとして利用されたというのが、井上氏の指摘である。ここで、改めて井上氏の指摘を引用してみる。

潮干狩の発句にこだわる話は、浄久を尋ねた折、「この道に志深しといへども、折に従いよき句計は出ず、免し給へ」（河内鑑名所記・四）といって、幽斎と貞徳の発句を書き与えた（真蹟は三田家に現存）ことにヒントを得たもの。

ここで指摘される『河内鑑名所記』巻四を確認すると、次のように記されている。

京の貞室金剛山《こんごうせん》へ参詣ありし折節、柏原村浄久が亭に尋《たづね》来《きた》り給ひて、夜更くるまで物語し侍る。発句所望せしに、貞室いはく、「方々より俳諧に責められ、このたびは俳諧を逃れにありきさふらふ。その上この道に志深しと言へ共、折に従いよき句計《ばかり》は出ず。免《ゆる》し給へ」と有。「ぜひ」と云侍りければその時、「この地はいづれの郡《こほり》ぞ」と問はれけるに、「志紀《しき》の郡」とこたへければ、

夏川の溝は郡のしきる哉　貞室(11)

（『河内鑑名所記』による。一九八〇年、上方藝文叢刊刊行会）

貞室が金剛山を参詣した折に、大阪河内の柏原の浄久の家を訪ね、浄久から発句を詠んで欲しいと頼まれる。それに対し、貞室は、「あちこちから句を詠むように求められ、（それに嫌気がさして）今回は、俳諧から逃れるための旅をしているのですよ。そのうえ、この俳諧の道に執心が深いといいましても、いつもいつもいい句ばかり詠むというのは無理ですなあ。どうか勘弁して下され」と拒絶している。

井上氏の指摘では、この後、貞室が、自分の句ではなく、和歌・連歌作者として著名な細川幽斎《ゆうさい》（慶長十五年〈一六一〇〉七十七歳で没）と自らの俳諧の師松永貞徳《ていとく》（承応二年〈一六五三〉八十三歳で没）といった先人の句を与え、その自筆が三田家に現存しているとしている。

しかし、『河内鑑名所記』巻四では、浄久に「ぜひに」と熱心に求められ、抗いきれずに、志紀の郡の地名を詠み込んだ発句を詠んだことになっており、井上氏の記述とは、食い違っている。この点について補足を加えておく。

井上氏が指摘する、三田家に伝えられている幽斎と貞徳の句を記した貞室の自筆の一軸の写真が、注（8）にあげた『三田浄久』の巻頭に紹介されており、同書の「写真版解説」に翻刻が載る。その翻刻によると、一軸には、幽斎と貞徳の句を記した後に、「柏原村浄久のぬしに宿り侍りしに、愚老が作を禿筆《とくひつ》にて記してよと懇望有しかども、堪ざれば先々名師の述作を書付《かきつけ》侍」という文が記されている。浄久に自作の発句を記すように求められた貞室は、記すほどの自作の発句がなかったので、敬愛する先人たちの句を記したという[12]。

これもまた、貞室が浄久を訪れた折のことであろうし、『河内鑑名所記』巻四のエピソードと状況も似ている。が、『河内鑑名所記』巻四では、貞室は結局自作の発句を詠んでいるのだから、三田家に残る自筆の一軸の内容とは、微妙に違っている。井上氏は、『河内鑑名所記』巻四と、三田家に残る自筆の一軸の内容とを、混同して記されたものと推察される。

しかし、このような点を除けば、井上氏の指摘は、おおむね納得できるものである。柏原の浄久を訪れた貞室が、すぐれた発句の創作に苦心していたことは、『河内鑑名所記』巻四や、三田家に残る自筆の一軸からうかがうことができる。井上氏の指摘のように、貞室が柏原の浄久を訪れた時のエピソードを、『名残の友』巻二ノ二の前半部、住吉でのエピソードを描く際のヒントにしたことは認められると思う。西鶴は浄久と交流があり、(13)『河内鑑名所記』も読んでいたであろうし、浄久から、貞室自筆の一軸についても見聞した可能性がある。(14)西鶴は、浄久を通して、すぐれた発句の創作にこだわる貞室の誠ある俳諧師としてのありかたに接し、敬意を抱いていたと思われる。

では、次に問題になるのは、なぜ、西鶴が、柏原を舞台とした貞室のエピソードを、『名残の友』巻二ノ二の後半部の柏原を舞台とした話の方に取り入れずに、わざわざ、事実を作り替えてまで、前半部の住吉を舞台とした話の方に取り入れたのか、ということである。このことについては、井上氏は特に言及されておらず、また従来の西鶴研究でも検討されていないが、本稿では問題にしてみたい。

前述したように、実際には、貞室は三月三日の汐干狩りの発句を作っており、そのことは、西鶴も『玉海集』を読んで知っていた可能性は高い。にもかかわらず、西鶴は、『名残の友』巻二ノ二の住吉を舞台とした前半部に、『河内鑑名所記』巻四や、三田家に伝わる貞室の自筆の一軸からイメージされる、すぐれた発句の創作に苦心する貞室の姿を描き出していたのである。それはなぜか。

この謎は、西鶴にとって、住吉明神が、誠ある俳諧師や俳諧の誠を守る神として存在していた（第一節参照）ということを想起すれば、氷解すると思われる。すなわち、誠ある俳諧師貞室の姿を、より説得力を持ってリアルに描くためには、柏原よりも、誠ある俳諧師を守り導く住吉明神がおわします住吉の方が、よりふさわしい場所であったのではないだろうか。第二節で引用した『名残の友』巻二ノ二の本文では、貞室は、いい発句ができないから、「今日の参詣成難《なりがた》し」と家来たちに語っていた。

「参詣」という表現を使っていることに注目したい。第二節であげた『高名集』の挿絵（図2）などからもわかるように、汐干狩りの行われる住吉の浦は、住吉社のすぐ近くにある。「参詣」は、その住吉社を意識した言葉と見てよい。貞室が、「すぐれた発句ができないから、今日は住吉さんへ参詣できない」と語ったのは、単に遊興を自粛するということだけではなく、住吉明神が、和歌や俳諧の神であるから、すぐれた句ができなければ顔向けできない、と思ったからではないだろうか。

このような貞室の姿勢は、第一節で見た『西鶴織留』巻三ノ二に描かれる、誠がないのに住吉社に参詣して、住吉明神からそっぽを向かれるエセ俳諧師とは、まさに対極にある。貞室は、住吉社に参詣しなくとも、その真摯な姿勢から、住吉明神に守られる資格を十分に備えた俳諧師であった。西鶴は、貞室に、このような台詞を語らせることで、俳諧の誠を貫く彼の姿をリアルに描き出したのである。

以上のように、西鶴にとって、住吉は、誠ある俳諧師貞室を描くのに絶好の舞台だった。だからこそ、柏原でのエピソードを、『名残の友』巻二ノ二では、よりふさわしい場である、住吉でのエピソードとして作り替えたのだと考えられる。西鶴は、自身の住吉明神に対するイメージを鍵に、実に周到に計算して、虚実を織り混ぜつつ、読者を引きつける話を巧みに創り上げていたのである。

おわりに

本稿では、西鶴にとって、住吉社がどのような場所であったのかを考察し、住吉明神が、俳諧の誠や誠の俳諧師を守る神として存在していたことを明らかにした。さらに、そのような住吉明神への信奉の深さやイメージが、彼の浮世草子の創作においても、重要な鍵となっている例があることを述べてきた。

西鶴の文学と住吉社との関わりを探る中で、読者を引きつける話を創り上げる西鶴の見事なストーリーテラーぶりも浮かび上がってきたように思われる。

矢数俳諧の息の根を留める舞台として住吉社を選んだことに象徴されるように、生粋の大阪人西鶴にとって、住吉社は、彼の創作活動にエネルギーを与えてくれる聖地だったのかもしれない。

注

（1）『住吉大社史』下巻（住吉大社奉賛会、一九八三年）第十八章第一節（真弓常忠）、大谷晃一『西鶴文学地図』（編集工房ノア、一九九三年）「住吉」「堺」、住吉大社編『住吉大社〈改訂新版〉』（改訂版、学生社、二〇〇二年）「一〇　俳諧と住吉」（真弓常忠）、真弓常忠『住吉信仰』（朱鷺書房、二〇〇三年）「五、近世における住吉信仰」など。

（2）『住吉大社史』下巻第十三章第二節（所功）、同書第十八章第三節（真弓常忠）など参照。

（3）注（1）前掲大谷論文など参照。

（4）吉江久弥『西鶴文学研究』（笠間書院、一九七四年）「第一章　西鶴文学の本質　二　西鶴と「まこと」」では、西鶴の俳書や浮世草子において、たゆまぬ修行や芸道への執心によって心（真情）と表現（行為）を一致させる「まこと」の大切さをしばしば説いていることなどを指摘している。また、小稿でも引用している『俳諧石車』巻一や、『西鶴織留』巻三ノ二の例などから、西鶴の主張する「まことの俳諧」「俳道のまこと」と、「神国」や「神」との関連も指摘しているが、小稿で述べるような、住吉明神との関わりについては、特に言及がない。

（5）暉峻康隆『西鶴　評論と研究』下（中央公論社、一九五〇年）「西鶴著作考　西鶴名残の友」、野間光辰『西鶴新新攷』（岩波書店、一九八一年）「西鶴の方法」など参照。

（6）注（4）前掲書「第四章　諸作品の性格　三「西鶴名残之友」」、新日本古典文学大系77『武道伝来記　西鶴置土産　万の文反古　西鶴名残の友』解説（井上敏幸）など参照。

（7）『定本西鶴全集』第十一巻（上）（中央公論社、一九七二年）『高名集』解説（野間光辰）参照。

（8）平林治徳編『三田浄久』（大阪女子大学国文研究室、一九五四年）所収山崎喜好「三田浄久年譜」明暦二年の項参照。同書については、長谷あゆす氏にご教示いただいた。

（9）新日本古典文学大系77『武道伝来記　西鶴置土産　万の文反古　西鶴名残の友』四九九頁脚注二七。

（10）注（5）前掲野間論文など参照。

（11）ここに見える貞室の句は、浄久の句などを記した『浄久自筆書留』にも載り、浄久が唱和している。注（8）前掲書所収山崎喜好「三田浄久年譜」延宝元年の項、同書所収「浄久自筆書留」参照。

（12）注（8）前掲書「写真版解説」において指摘があるように、貞室自筆の一軸の内容は、秋里籬《あきさとり》島《とう》編『河内名所図会《ずえ》』（享和元年〈一八〇一〉刊行。河内のガイドブック）巻四にも記される。当該箇所では、貞室の浄久来訪を、「延宝のはじめ」（『河内名所図会』による。臨川書店、一九九五年）とし、さらに、『河内鑑名所記』巻四に載る、浄久が貞室に懇望されて詠んだ発句も記している。
(13)　注（8）前掲書所収野間光辰「浄久と西鶴」参照。
(14)　図録『西鶴と上方文化展』（日本経済新聞大阪本社事業部、一九七七年）「列品解説（大谷篤蔵他）84　俳諧発句懐紙　一幅」参照。

図版注

図1『浪速叢書』第十二巻（浪速叢書刊行会、一九二七年）二四六頁（京都女子大学図書館蔵）より転載。

図2『定本西鶴全集』第十一巻（上）（中央公論社、一九七二年）四二二頁より転載。原本は天理大学附属天理図書館綿屋文庫蔵。

＊西鶴作品・近世資料の引用に際しては、適宜、表記を改め、句読点・ルビを加除した。また、かぎかっこを付し、丸がっこ内に注記を入れた。

［付記］　図版の掲載にあたり、ご許可賜った天理大学附属天理図書館に深謝申し上げます。

六　明治文学に於ける住吉社のゆかり

――住吉踊をめぐって――

峯村　至津子

はじめに

樋口一葉「たけくらべ」（『文学界』初出、明治二十八年一月～同二十九年一月連載、明治期の吉原周辺を舞台に、近い将来、吉原の遊女となる運命のヒロイン美登利と、同じく僧侶になるさだめの信如との、淡い恋を描いたもの）第八章には、吉原遊廓に集う芸人たちの様子を描写した次のような一節がある。

（前略）気違ひ街道、寐ぼれ道、朝がへりの殿がた一順すみて朝寐の町も門《かど》の箒目《はゝきめ》青海波をゑがき、打水よきほどに済みし表町《おもてまち》の通りを見渡せば、来るは来るは、万年町山伏町、新谷町あたりを塒にして、一能一術これも芸人の名はのがれぬ、よか〳〵飴や軽業師、人形つかひ大神楽《だいかぐら》、住吉をどりに角兵衛獅子、おもひおもひの扮粧《いでたち》して、（後略）

（『樋口一葉全集　第一巻』〈筑摩書房、昭和四十九年〉四二四頁、以下同じ）

「なぐさみ」や「憂さ晴らし」を欲している「廓内《かくない》に居つゞけ客」や「女郎」を「お顧客《とくい》」とする芸人たちが、朝の吉原に次々とくり出して来る、その中に、「住吉をどり」の芸をする者を見出すことができる。

一葉は明治二十六年七月二十日から、翌二十七年五月一日に本郷丸山福山町に転居するまでの間、下谷龍泉寺町に暮らしていたことがあり、そこは一葉の日記「塵之中」に、

此家は下谷よりよし原がよひの只一筋道にて夕がたよりとゞろく車の音飛ちがふ灯火の光りたとへんに詞なし　行く車は午前一時までも絶えず　かへる車は三時よりひゞきはじめぬ（後略）

（『樋口一葉全集　第三巻(上)』〈筑摩書房、昭和五十一年〉三〇三頁）

とあるように、吉原遊廓のお膝元であった。よって、「たけくらべ」に描かれる吉原周辺の風俗は、明治中期のその実態に近いものと見ることができる。

現代、大阪の住吉大社では、六月の御田植神事や七月末から八月初めの住吉祭の際に子供たちによる住吉踊が奉納されており（その様子の一端は、住吉大社ホームページ「祭りと年中行事」に於いても見ることができる）、この芸能の発祥は、同社にゆかりを持つとされる。住吉踊の発祥については、中山太郎氏の「住吉踊考―附、願人坊主考―」（『旅と伝説』第六年三月号〈三元社、昭和八年三月〉、引用は復刻『旅と伝説　第十一巻』〈岩崎美術社〉による）に詳しいが[(1)]、そこで紹介されている、雑誌『土の鈴』

第十一輯（長崎土の鈴会発行、大正十一年二月、編輯兼発行者本山豊治）所載、大阪の後藤捷一氏の文章には、住吉近辺で一時途絶えていた住吉踊が、大正十年、「大阪の「楽正会」によつて再興され」、「「北祭」と「宝の市」の列に加へらるゝ事になつた」ことが伝えられている（「再び住吉踊に就て」九九頁。引用は村田書店発行の復刻による）。その前段として『土の鈴』第七輯（大正十年六月）に掲載された同じく後藤氏「住吉踊の再興」には、「世に名高い住吉踊が麦稈人形に名残を留めて、氏地にこれを行ふものゝないのを歎き、信徒の間にこの踊を再興させては何うとの議が起り、目下神社の方でも種々とこの踊に就て取り調べをして居る」といった経緯が述べられており（八〇頁）、「近年に到りて中絶し、その踊唄を知る人さへ稀れになつてゐたが、住吉踊は住吉神社にこそ保存して、宜しく南祭のお供の中に加ふべきもの」（八一頁）といった、住吉社に関わる人々の並々ならぬ思いと努力によってその再興が成ったことが窺える。(2)

右、後藤氏による、「明治維新の前後には住吉の村にこの踊を能くした人もあり」、大正十年の復興にあたって、その「踊の名手」と言われた老人から楽正会が振りを習ったという記述（「再び住吉踊に就て」九九—一〇〇頁）や、注2にあげた梅原氏の言などから、住吉の辺りでそれが「中絶」していたのは、明治のはじめ頃から大正の中期までの期間だったことがわかる。そしてまさにその時期、先にあげた「たけくらべ」の中にもそれが登場しているように、住吉踊は「かっぽれ」とも呼ばれて明治期の東京に於いて盛んに行われ、大道芸の一つとして人気を博し、全盛をきわめようとしていたのだった。その当時名人と謳われたのが豊年斎梅坊主であるが、その芸の命脈は、時代の波に晒され、一時は消えかかりつつも逞しく蘇り、現代の東京にも受け継がれているのである。[3][4]

本稿は、先行研究を紹介しながら近世の住吉踊についてまずその概略を述べ、それを踏まえて、明治期の東京で行われ、文学にも描かれていた住吉踊に焦点を当てようとするものである。諸資料に登場する住吉踊をたどりながら、遠く大阪の住吉社をめぐる地に生まれた芸能が、明治期の東京に於いてどのように人々を惹きつけ、生きながらえたのか、その魅力の一端に迫りたい。

一　住吉踊の発祥と伝播

1　研究史概観

住吉踊に関する近年の論考は複数あるが、先行研究を紹介せずに、また特に分析も加えずに内容を踏襲している点も見られるので、ここで一度研究史を整理する必要がある。

諸論考で紹介されることが少ないが、管見の限りで、住吉踊、及びそれを生業とした願人坊主の由来について現在定説として通用していることは、前出中山太郎氏「住吉踊考―附、願人坊主考―」に於いて述べられていることが基になっていると言ってよい。[5]しかし氏の論考は引用されることが殆ど無いので、その内容を若干の補足訂正を交えつつ以下に紹介しておく。

氏は『嬉遊笑覧』を引いて、願人坊主とは「代願人」、即ち「一般の人々に代りて、神に祈り仏を念ずるを職業としたもの」とし（二五、及び二三頁）、住吉踊については、『滑稽雑談』『絵本御伽品鏡』『住吉名所図絵』（『住吉名勝図会』）『続飛鳥川』『摂陽奇観』『近世風俗志』『百戯述略』『賤者考』等の諸資料を紹介した末、後藤捷一が『土の鈴』第十一輯で報じた楽正会に住吉踊を教えた老人の話(6)、更には住吉社の御田植の神事の折に神宮寺の僧によって奉納されていた田楽の名残が住吉踊に看取されること(7)等を根拠に、その発祥について、大阪「住吉神宮寺の僧徒によつて始められたものが、後に大阪や京都にゐた願人坊主がこれを学び、更に江戸の願人坊主の手に移り、国々へ広まつたと見るのが穏当」との結論に至っている（二七—二九頁）。

また、氏があげている田中金峰『大阪繁昌詩　中』は、幕末期の大阪の風俗を窺い知ることのできるものであるが（本作は、巻之上巻頭「図跋」によれば、弘化元年生の著者金峰が十六、七歳の時—安政六〜万延元年〈一八五九〜一八六〇〉頃—の作とされている）、そこには「住吉舞《スミヨシオトリハ》。是《レ》為《ス》二神宮寺之僧徒《ト》一。呼《テ》投《レハ》二青銭十二穴《ヲ》一。立《チ》二門前《ニ》一。奏《ス》二其伎《ヲ》一」とあり、神宮寺の僧徒が家々の門前で舞い、銭を受けたと記されている（京都府立総合資料館所蔵本所見、二十五丁裏—二十六丁表、引用にあたり若干表記を改めた箇所がある）。神宮寺の僧徒自身が門付けでこの芸をしていたという右の記述は、注2にあげた梅原氏の証言とも符合する(8)。

以上を見れば、住吉踊が住吉社及び神宮寺にゆかりを持つというのは肯定して良さそうである。ただし、「住吉神宮寺の僧徒によつて始められた」という部分については、直ちにこれを踏襲することにはためらいを覚える。何故なら、住吉踊が文献に見える最も古い例は次節で引用する『人倫訓蒙図彙』であるが、その挿絵を見るかぎり、芸をしているのは僧形の者ではないからである。それに対し、中山氏があげる『大阪繁昌詩』は幕末のものであり、また言葉尻を捉えるようだが、梅原氏の言（注2参照）でも勧進の巡歴にあたったのは「神宮寺の僧等」と述べられていて、「僧」と限定はされていない。更に言えば、中山氏の根拠の一つ、注6の老人の話にしても、注2の梅原氏の証言にしても、目に見える明確な根拠が示されていないため、〈神宮寺の行事で行われていた〉というのがいつ頃からのことなのか不明確であるし、実際に僧が踊っていたものなのか、その実態も不明である。よってこの点については保留し、次節で私見を述べることにする。

古記録に見える住吉踊については、上記の中山氏が紹介しているものの他、注2にあげた梅原氏の論考では『摂津名所図会』『摂津名所図会大成』が、高柳金芳氏の著書（注5参照）に於いては『人倫訓蒙図彙』が、安藤武彦氏の論考（「徳元の傘に住吉踊かな」、『すみのえ』第28巻第4号〈平成三年十月〉二一―二六頁）に於いては『俳諧発句題林集』（寛政六年）夏之部所載の徳元の句「六月　住吉踊あめがした傘に住よし踊かな」や、『誹諧住吉おどり』（元禄九年）の挿絵が、それぞれ紹介されているので参照されたい。なお本稿は、明治期の文献に現われた住吉踊の紹介に主眼を置こうとするものであるが、その前提として江戸時代に於ける住吉踊の様相を確認しておくことは論の展開上有効であるため、先行の諸論考の繰り返しになる点もあるが、以下に述べてゆくこととする。

図①　『住吉名勝図会』巻之二「六月晦日荒和大祓」（其三）

図②　『人倫訓蒙図彙』巻七「すみよしおとり」

図③　『住吉名勝図会』巻之五「住吉踊之図」

図④　『住吉名勝図会』巻之二「五月廿八日　御田植神事」

2　住吉踊と住吉社のゆかり

従来、文献に現われた住吉踊の例として最も古いものとされてきたのは、図②にあげた、著者未詳『人倫訓蒙図彙』巻七所載の「住吉踊」である。『人倫訓蒙図彙』七巻七冊は、元禄三年（一六九〇）七月刊（所見の京都女子大学所蔵本奥付には、「元禄三庚午載／七月吉日」「書林平楽寺開板／大坂高麗橋一丁目村上清三郎／江戸日本橋南平松町村上五郎兵衛」とある）、「元禄年間初期の人間・世相百科図解事典として唯一のもの」とされ、その挿絵は、「日常生活において嘱目したところを写生したものと思われ、写実性に富んでいる」と評価される書物である（前出『日本古典文学大辞典　第三巻』五一六頁、前田金五郎氏執筆）。巻七は、「五百以上の各種の職業の職能・由来のほか、当時知名の商人・職人やその所在地を記し、商工案内の役割をも果している」（同右）とされ、「住吉踊」の絵は巻七二十丁の表に、説明の文章は二十二丁表にそれぞれ記載されている（所見の京都女子大学所蔵本は丁付けを欠く）。その絵を見ると、踊っているのは女のように見え、囃している男も頬被りの下に髷《まげ》が見えていることから、元禄頃には僧形の者に関わらずこの芸をしていたことが窺える。次に当該部分の翻刻を示す（読みやすさを考えて、所々に空白を入れてある）。

住吉踊《すみよしおどり》　住吉《すみよし》のほとりより出《いつ》る下品《けほん》の者《もの》也　菅笠《すけがさ》にあかき絹《きぬ》のへりをたれて顔《かほ》をかくし　白《しろ》き着《きる》物《もの》に赤《あかき》まへたれ　団《うちは》をもち　中《なか》に笠鉾《かさほこ》をたてゝおとる　あとのとめは住吉様《すみよしさま》の岸《きし》の姫松《ひめまつ》めてたさ

よ　千歳楽万歳楽《せんざいらくまんざいらく》　といふゆへに　住吉《すみよし》おとりと云《いふ》也[9]

この芸をしていたのが「住吉のほとりより出る」者であること、また唄の止めの詞章が『伊勢物語』に見える「われ見ても久しくなりぬ住吉の岸の姫松幾代経ぬらん」という住吉社にまつわる和歌を踏まえていることから、「住吉踊」と呼ばれたという由来が記されている。しかし、芸に携わっていたのは「下品の者」とあって〈社僧〉とは書かれていない。

住吉社に関わる祭事、年中行事やゆかりの名所などを記した、前出、秋里籬島『住吉名勝図会』（寛政六年〈一七九四〉）巻之五には「住吉踊之図」が収められており（前出版本地誌大系⑱『住吉名勝図会』二四七頁、図③参照）、「拍子よう踊る手もとも千早ふるかみすゝしめにもつや団を」の賛とともに中山氏によって紹介されている（二七頁）。氏は特に分析を加えられていないが、これも僧形と断定はできず、むしろその風体はおよそ百年前の『人倫訓蒙図彙』所載のものと似通っている。また住吉踊の絵を載せながら、同書所収の神宮寺の僧に関しての記述の中に、彼らがそれに関わっていたという記述を見出すことができないことも、当初はむしろ神宮寺の僧が直接行っていたのではないことを証しているように思われる。また、着物の着流しの様子や笠を被っているところなどは、同書巻之二所載の、「御田植神事」挿絵の植女の風体に近いように見える（図④）。一方、図④の向かって右に描かれている、鎧を着け長刀を持っているのは神宮寺の僧と見られるが[10]、その風体は「住吉踊之図」とはあまりにもかけ離れている。神宮寺の僧が神事にて歌舞を奉納していたことは、同書巻之二所載、

「御田植神事」の行事の一部に記されている、「植女等御田の南の岸をめぐる次に社僧風流にて同じく廻る」という箇所（版本地誌大系⑱八九頁）より確かだが、しかし右引用部に明らかなようにそうした奉納は神宮寺の僧のみが行っていたわけではないので、中山氏（注7参照）が論じたように田楽の遺風→神宮寺の僧による創始と直結させるのは、十分に納得のゆく説明とは言えない。

『住吉名勝図会』と同じ著者の手になる『摂津名所図会』（寛政八〜寛政十年〈一七九六〜一七九八〉）には、「住吉踊　住吉村より諸方へ出づる。（中略）京師・大坂の町々、在郷までもめぐりて米銭を勧進す」とあり（『摂津名所図会　上巻』〈臨川書店、昭和四十九年。大正八年、大日本名所図会刊行会発行の複製本〉所見、一〇六頁）、ここでも〈神宮寺の僧〉が行っていたとは記されていない。また「御田植神事」に関しては、「神宮寺の社僧甲冑を着て遊戯《ゆげ》す」（八〇頁）とあるのに対し、植女の風俗は「紅染の浴衣に萌黄の生絹《すゞし》の千早に似たるを着し、赤き袴に花笠被り、顔には覆面し、古代の風俗の出立《いでたち》にて神前に連り、又御田《みた》をめぐる体《てい》を珍とす」（八一頁）とあって、〈紅の衣服〉〈笠〉〈覆面〉等、先に引用した『人倫訓蒙図彙』の記述や「住吉踊之図」に近い要素が多いと言える。

安政二年（一八五五）以後の成立と見られる暁鐘成『摂津名所図会大成』には、「住吉踊　浪花に住する勧進の願人僧これを業とす大坂の町々をよび在郷までもめぐりて米銭を勧進す（中略）五月廿八日には御田《をんだ》の辺《ほと》りを巡り津守家の庭に入て踊るを例《ならひ》とす」と記されていて[11]（『浪速叢書　第八』〈浪速叢書刊行会、昭和三年〉八五頁）、この頃にはこの芸能の担い手が主に「浪花」の「願人僧」に移っていたことを窺わせる。なお、右傍線部のくだりは、『住吉名勝図会』『摂津名所図会』の御田植神事での式事と共通している。

願人僧がこれを生業とするようになったのは何時の頃からか、正確には言えないが、後述の「妹背山婦女庭訓」に見えることから、明和の頃には既に、住吉踊を生業の一とする願人坊主が出現していたようである。

結局神宮寺の僧が直接関わっていたことを示す古い資料は見出せず、一方最も古い文献にはむしろ僧形の者以外がこれに携わっていたことが明らかであるため、これらを見るかぎり、当初は僧形の者に限定されていなかったのが次第に願人坊主が専らこれを行うようになり、神宮寺の僧自身がこれをするようになるのは「大阪繁昌詩」にあるように江戸時代も末期のこと、というような、中山氏が提唱された説と逆の流れも想定することができるのではないかと思われる。ともあれ、以上の諸資料より、住吉踊が住吉社と深く関わって成立してきたことは疑いない。

次に、前述の諸論考では取りあげられていないが、明和八年（一七七一）に竹本座で初演された、近松半二らによる合作浄瑠璃『妹背山婦女庭訓』第三、定高館の場を見てみたい（新編日本古典文学全集77『浄瑠璃集』〈小学館、平成十四年〉による。校注・訳担当は、林久美子氏と井上勝志氏）。この三段目の冒頭部では、「奈良の都の」「禁裏守護の太宰の館」で、「奈良の町へ入り込みの諸職人、商人、芸者に受領」を行う場面がある（ここでの「受領」とは、「職人・芸人などに、諸国の長官名を名誉称号として授けること」。右『浄瑠璃集』三七七頁頭注による)。「烏帽子屋」「神職」「刀鍛冶」「伊勢比丘尼」「船乗」「浄瑠璃」語りなど、様々な職種の者達の中に、「イヤ〳〵。愚僧は願人坊主。寺号をお赦し下さりませ。」と、「願人坊主」も登場する（三七九―三八一頁)。「ム、願人とはなんの宗旨」との問いかけに対し、「されば八宗九宗をもれ。二季の彼岸は鉦太鼓で町々を。六斎念仏。お目にかけうと風呂敷より。取り出し始める太鼓の拍子」と、ここから願人坊主の芸尽くしの場面となるが、その最後に「住吉踊」を踊るところがある。

(前略）さて傘《からかさ》に。赤前垂れを腰に巻き。住吉踊。四社のお前で。扇を拾うた。扇めでたや末繁昌。サ住吉様の岸の姫松めでたさよ。白かん金延べてなうソレ襷にかけて。米《よね》々量る関の戸。船頭《せんど》殿のやさらば〳〵エ。踊り了へば（後略）

「住吉様の岸の姫松めでたさよ」の囃し詞が『人倫訓蒙図彙』と重なるほか、「四社のお前」という文言や、止めの詞章「船頭《せんど》殿のやさらば〳〵エ」が海上守護の神でもある住吉社との関わりを思わせる点など、やはり住吉社とのゆかりの深さが見て取れる。(12)

3　江戸での住吉踊

さて、大阪住吉社ゆかりの住吉踊は、近世の江戸に於いてどういった展開を見せ、明治の東京に受け継がれたのであろうか。

江戸後期の風俗資料、『続飛鳥川』（『新燕石十種　第一』〈国書刊行会、明治四十五年〉所収、「享保より文化に至る江戸の風俗を主として記したる」『飛鳥川』の続編〈同書「緒言」一―二頁〉）は、次のように記す。

摂津住吉の社より社人、住吉おどりといふて、青傘の縁に紅の切を引、何れも菅笠、へりに紅の切白の衣服、赤前垂をしめ、団扇を持て七八人にて踊る、歌に、住吉さまの岸の姫松目出度やといふ、殊の外古めかしき物にて、面白きもの也、近頃江戸にて願人共真似をするは、似つかぬ事也（二四頁）

右傍線部より、江戸に於いて、住吉踊の出自は大阪住吉社の社人の芸であるとの認識があったことがわかる。しかし、中山太郎氏が紹介した斎藤月岑『百戯述略』（『新燕石十種　第三』〈国書刊行会、大正二年〉所収、「明治初年東京府知事楠木正隆の諮問により、斎藤月岑の答申せし稿本」〈同書「緒言」一頁〉）には、その起源を「播州」や「奈良」とする記述があり（八四及び八〇頁）、巷間に種々の説が行われていた様子を窺わせる。(13)

住吉踊の由来が曖昧になってくるのと同じくして、その扮装等の外観や芸態も、江戸に於いて変化を余儀なくされていったようである。『続飛鳥川』の波線部でも、江戸で行われている住吉踊が、「古めかし」く「面白き」元来の姿とは「似つかぬ」ものとされているが、『守貞謾稿』(14)にも、「京坂ノ住吉踊」に対して、「江戸ノ住吉踊リハ、名ノミニテ、扮及ビ所作、唯今俗ニ走ルノミ」とあり（「巻之

二十九　笠」、第四巻一九五頁）、大阪出身の守貞の目から見て、江戸のそれが、外観も芸風も古風から離れ、「俗」化していると捉えられている。以下その点を主に同書によって詳しく見てみる。

まず外観の俗化とは、「江戸ニモ住吉躍アレドモ、其扮無定」（「巻之七　雑業」、第一巻二二一頁）、「笠ヲカムラズ、多クハ頭巾ヲカムル。近頃ハ坊主ニ非ズ、有髪ニテ為之アリ。是ハ願人坊主ノ外也」（同右）などとあるように、僧形に一定の扮装という従来の形態[15]が崩れていることを指しているようである。[16] また波線部からは、願人坊主以外にもこの芸能に携わる者が現われてきたことも窺える。その他、「坊主及ビ俗体トモニ、大傘ヲ巡リ踊ラズ。傘ヲ持ル一人ハ後ニ立チ、其前面ニテ踊ル」（同右）といった踊り方の変化や、中央の傘について、「江戸ノ住吉踊リ」では「傘上ニ造リ物アリ」（「巻之三十　傘履」、第五巻五頁）といった道具の変化も指摘されている（これについては、『世のすがた』にも「二重の傘に住吉大明神といふはらいやうのものを付」とある〈注16に同じ、四六六頁〉）。

また幕末の風俗資料、菊池貴一郎『江戸府内絵本風俗往来』[17] 下編雑の部「住吉踊」（東洋文庫、鈴木棠三編『絵本江戸風俗往来』〈平凡社、昭和四十年〉二五九頁）には、「九尺ばかりの竿の先へ御幣万灯を取り付け、その下に大小の傘を二段に開き、傘の周囲に美麗《うつく》しく染模様ある幕を垂れ」というように傘はやはり二段、扮装は、「同勢六、七人、白き衣類に晒しの下帯、手巾は年中垢付きを嫌いて清く向鉢巻・後鉢巻は坊主天窓《あたま》に締まりよく」と、手拭いによる鉢巻であり、後述の明治期の資料でも〈頭に鉢巻〉は定番となっていることから、笠→頭巾→鉢巻と推移したことがわかる（図⑤）。

更に江戸に於いては、芸態の面でも大きな変化が認められる。それは『守貞謾稿』「巻之七　雑業」「願人坊主」の項で、京坂の芸が「京坂ニ在ル者ハ、或ハ住吉踊、或ハ金毘羅行人、或ハ庚申ノ代待等也。其所為戯謔ヲナサズ」とされ（第一巻二一九頁）、住吉踊も、中央の「大傘」の「柄」を「片竹」で「拍テ、唄フ」一人の「周リヲ」、「其他ノ四五輩」が「巡リ、踊躍ス」だけの「古風ヲ存セリ」といった趣のものである（同二一九―二二〇頁）のに対し、江戸のそれが、踊るだけでなく、「或ハ遊女ノ情態ヲ学ビ、或ハ戯場ヲ摸スノ類、更ニ古風ニ非ズ」（同二二一頁）といった「戯謔」に走るものとなっていったという点である。(18) 他にも、前出『世のすがた』（四六六―四六七頁）に、

（前略）竹にて傘の柄をたゝき、又拍子木など打ならして、伊勢音頭といふ小うたをうたひ、種々の物まねして踊はやす、其所作日を追てたくみになり、近来は芝居の物まねを専らにして、なまめきたるさま、法師のわざには似合しからず、

とあり、芝居の物真似など滑稽な要素が踊りに付加されていたことを伝えている。

また『江戸府内 絵本風俗往来』には「四竹《よつだけ》打ち囃し、三味線を相方に歌の調《しらべ》面白く、「沖の暗いのに白帆が見ゆる。あれは紀伊国蜜柑船」」とあるように、伴奏の楽器として三味線が加わっている。また同書には「住吉踊、一にかッぽれとも唱えたり」とあって、「あれは紀伊国」云々の歌詞で知られる「かっぽれ」が、幕末の時点で住吉踊と結びついていたことがわかる。石井研堂『明治事物起原』第十四編遊楽部「カツポレ」では、「幇間末社の入乱れおどけ踊りのかつぽれあれば」といった元治二

年の記事を引いており、幕末にこれがお座敷で踊られていた様子が窺える（ちくま学芸文庫『明治事物起原　7』〈筑摩書房、平成九年〉一五四頁、底本は『増補改訂　明治事物起原』〈春陽堂、昭和十九年〉）。続けて「かつぽれは平坊主のはじむるところ、平坊主は、明治四年に、二十九歳にて歿せし人なり」（同右）とあるが、この平坊主は、本稿「はじめに」で触れた豊年斎梅坊主の兄に当たるとされる人である。[19] この記述より、かっぽれはさほど歴史の古いものではなく、江戸末期になって現われ、もともと行われていた住吉踊の芸人によって踊られるようになった経緯が窺えるのだが、このかっぽれが住吉踊と結びついた理由を考えるに、「梅坊主数奇伝」（『うきよ』第六五号、注19参照）にかっぽれの起源として引かれている一説として、「彼の紀伊国屋文左衛門が紀州から蜜柑を江戸へ送る海上、鳥羽浦にて難風に逢ひ多勢の舟子等は九死の中に一生を得た欣喜《よろこび》の余り、江戸へ着いた時、酒を祝つて、唄ひつ踊りつ興じたのが、即ちこのかつぽれ節で」（三六頁）というものがあり、こうした巷説から、危険な船旅を乗越えた喜び→海上守護の住吉明神をたたえる→住吉踊という連鎖が働き、共に演じられるようになったのではないかと推測される。

以上、江戸の住吉踊の展開を見てきたが、これら、滑稽な要素、三味線の伴奏、「かっぽれ」との結びつき等は、明治期の住吉踊に継承されてゆくのである。

ところでこれらの変化がいつ頃から現われたのか、正確なことは言えないが、前出『続飛鳥川』に「住吉踊り、文政の初なるべし、面白からねど人々よろこぶ」（二七頁）とあり、本項冒頭の引用箇所

図⑤　『江戸府内絵本風俗往来』
下編雑の部
「住吉踊　かっぽれ」

図⑥　「石黒コレクション」蔵
明治初年の「カッポレ住吉踊」

■最近の梅坊主■

この挿絵は猷川珖舟先生の描かれたもので、先生はこの道化踊りを見るのが好きで、毎日錢を袂に入れては見物し腹の皮を抱へたさうです。

図⑦　『うきよ』第六五号
「梅坊主数奇伝」挿絵

図⑧　『東京風俗志　上の巻』
「住吉踊」

と併せ見れば、「面白き」古態とは「似つかぬ」「近頃」の芸風が現われ出したのが「文政の初」頃と読める（中山太郎氏はこの『続飛鳥川』の記述を、住吉踊のそもそもの始まりを文政の初めとするものと捉えているが、文脈からはそのような意味にはとれない）。また『守貞謾稿』にも、「江戸住吉踊リモ、凡文政前、其扮、大概京坂ト大同小異、是願人ノ所行也」（「巻之七　雑業」、第一巻二二一頁）と、文政前までは特に京坂のものと差が認められなかったとあるから、やはり変化が著しく見えてきたのは、文政頃と見てよさそうである。

以上、江戸の住吉踊をたどってみた。中山太郎氏は、「時代が降り信仰の薄らぐにつれ愈々堕落して後には一種の見世物とまで退化してしまつた」（三〇頁）というふうに江戸に於ける住吉踊の変貌を捉えているが、『続飛鳥川』が「面白からねど人々よろこぶ」と伝えている如く、変貌後のそれは、一般大衆に受け入れられた。次章では、その変貌後の住吉踊の、明治期に於ける様相を見てゆくことにする。

二　明治時代（主として東京の）に於ける住吉踊

1　明治期の住吉踊の様相

明治のごく初期の住吉踊を写したという古写真が、「石黒コレクション」に残っている[20]（『写された幕末―石黒敬七コレクション』〈明石書店、平成二年〉一七八頁、図⑥）。右所見本には、「明治初年浅草写真館の前で踊るカッポレ住吉踊り。大阪住吉社の名を借りて御幣を立て、群衆から投げ銭を貰う大道芸人」とのキャプションが付けられている（一七九頁）。てっぺんに御幣をいただく、布を垂らした二重の傘を支える男、その隣に三味線弾きの女、その前で有髪の三人の少年が踊っている（足には足袋が見える）。中央と向かって左の二人の踊り手の少年と女は着物の裾をからげ、男たちは皆手拭いを捻って頭に巻いているようである（向かって右の少年は、首の辺りまでずり落ちているが）。

次に、前出「梅坊主数奇伝」の挿絵（『うきよ』第六五号三九頁所載、図⑦）をあげておく。本文には、平坊主が「『かつぽれ一座』の元祖《はじまり》」を立ち上げた頃の様子が、次のように描かれており、その内容と挿絵が対応しているようなので、明治初年の様子を描いたものと見てよかろう。

（前略）年増女の三味線弾きを加へて総勢八人、これが一芸団と成て毎朝八時過るころには、挿画の写生絵のやうな住吉傘の万灯の柄を打ち鳴して

『ア、やイとこせイ、よいやな、ありやりやこれわいせー、さゝよいやさア

と鬨の声を揚げて繰込んでまゐります、先づ前芸の序びらきとして、

『住吉さまの岸の姫松お目出度や

と平坊主が唄ひ出すと、一同これに和して、万灯傘の柄を叩いて、手に反古張の渋団扇を以て拍子をとつて、暢気に囃子立る、彼等の扮装《いでたち》は挿画に見るやうに白木綿の行衣に紺の腰衣をつけて、豆絞りの手拭で鉢巻きして、四ツ竹拍子を合して面白く囃す、（後略）　（三五—三六頁）

服部撫松『東京新繁昌記』第三編（明治七年）所収、「万世橋　附　住吉踊、弄珠師《シナタマツカヒ》、街頭演史《ツヂコウシヤク》、機《カラ》捩《クリ》」の項にも、住吉踊の具体的な芸の様子を伝える記述がある（明治文学全集4『成島柳北 服部撫松 栗本鋤雲集』〈筑摩書房、昭和四十四年〉一九〇頁）。「長柄の晴繖《オウガサ》、小蒼天を街頭に開き、頂に白幣を捧げ、檐に紅幕を張る。二人之を携へて其の下に立ち、片榛《カタヒヨウシギ》繖柄を敲いて三絃鼓角に代へ、（中略）両三の活仏手帕を扭つて額を括り、手を連ねて舞ひ踵を列ねて踏む」云々とあり、傍線部より、坊主頭に鉢巻きという風体が窺える。

続いて河竹黙阿弥が、明治十九年、新富座に書きおろした「初霞空住吉《はつがすみそらもすみよし》」に登場する、かっぽれ一座の風体を見てみよう（『黙阿弥全集　第二十巻』〈春陽堂、大正十五年〉）。本作は、浅草は仲見世仁王門前、芸者や船宿の女房らを従えてやって来た男が、広小路にいた「かっぽれ」を呼び寄せて、その芸尽くしを満喫するという趣向であるが、その一座の様子はト書きに、「六弥太格子に牡丹の形の揃ひの着付、白のシヤツ、千種の股引白足袋麻裏草履」とあり、座長は「赤い手拭を襟に巻き」、男たちの髪型は「ざん切鬘《ぎりがづら》」と「野郎鬘」の二種、傘は「二《に》蓋笠《かいがさ》」、二人の女は「摺鉦《すりがね》」と「三絃《さみせん》」を持ち、他に鳴り物としては「太鼓」も用いられている（五二八頁）。また、「吉例のかつぽれ」を踊る際には「赤襷」を掛ける（五三八頁）。

更に時期はやや下って明治中期の風俗資料集、平出鏗二郎『東京風俗志』をあげる。同書は、明治二十年代～三十年代初頭にかけての東京の「世態人情風俗」をまとめたものであり（著者の序文による)、住吉踊についての記述は、『東京風俗志　上の巻』(冨山房、明治三十二年、覆刻版〈冨山房、平成二年〉所見)、第二章「社会の組織及び其情態」第二節「営生諸業」―「窮民の業―辻芸人、物貰」に見出せる(五一―五二頁。なお本稿次節のタイトル「窮民の業」は、この『東京風俗志』の見出しをそのまま引用したものである)。同書の挿絵(図⑧)を見ると、傘の柄を叩いて囃す男の隣に三味線弾きの女が一人、その前に踊り手の有髪の二人の少年は襷を掛け、男たちは皆捻り鉢巻き姿である。

以上を見渡してみると、まず江戸時代の名残の二重の傘(図⑥及び黙阿弥の作品)と、図⑦⑧のように、一重の傘の上に御幣をいただくものとが並存していたようである。また図⑧で柄を叩いている道具は『東京新繁昌記』の記述を参照すれば、拍子木と見られる。捻り鉢巻きは定型化していたようであるが、江戸時代の資料で見たような頭巾を被るという風体も一部保存されていたらしい。[21]白衣と腰衣は、中山氏の記述(注21参照)と「梅坊主数奇伝」に見られ、明治初年から十年代頃にかけてのものか。江戸時代からの流れを踏襲する三味線の伴奏以外にも、黙阿弥の芝居によれば、その他に種々の鳴り物が使われたらしい。踊り手は坊主頭に限らず有髪の者もあり、図⑥⑧に見えるように子供の芸も行われていたことは、「たけくらべ」八章に「六つ五つなる女の子に赤襷させて、あれは紀の国おどらするも見ゆ」とあるところからも窺える。

2　「窮民の業」

本稿冒頭にあげた「たけくらべ」の一節に於いて、住吉踊などの芸人達の住まいが、「万年町山伏町、新谷町あたり」と、当時の東京で「貧民窟」と呼ばれた場所である(22)ことがわざわざ明記されていたが、前出『東京風俗志』にも、次のように記されている。

斯かる者大方は皆細民のはしくれがなせる業にして、其日其日の糊口に追はれて、廉恥の慮など露思ふべき暇なければ、是非もなくまた哀れなり。冬の空のうち時雨もせんとする夕間暮、貧民町の景色いと物寂しきに、土方、軽子《かるこ》、紙屑拾ひ、古下駄拾ひ、犬殺し、襤褸《ぼろ》の撰子《えりこ》、草取女、あるは角兵衛獅子、住吉踊、托鉢僧、祭文語り、御《お》札売《ふだうり》、猿舞し、木偶遣《にんぎやうつか》ひなど、彼方此方より帰り集ふさま、何れか傷心の種ならざる。金殿玉楼に酔ひつ歌ひつする殿ばらにせめても一目見せばや、浮べる雲の身を慎みなん。富にも限なけれど、貧しきにも限なし。（五一―五二頁）

そもそもこの芸に携わる者については、『人倫訓蒙図彙』に「下品の者」と記され、『守貞謾稿』にも、「大坂ノ市中ヲ巡リ、銭ヲ受ル住吉踊リハ、願人坊主ト云僧形ノ物費（ママ）ヒ也」（「巻之二十九　笠」第四巻二二四頁）、「衆僧、在府年久シクシテ、資尽キ遂ニ貧困ニ至リ、市中ヲ巡リテ、銭米ヲ乞ヒ、永ク沈淪セル者也」（「巻之七　雑業」「願人坊主」の項、第一巻二一九頁）というように把握されていたが、『東京風俗志』に於いても住吉踊は、〈貧しさの極〉とされる職業の一つに数えられている。〈富裕を貪っている人々が彼らの姿を見れば、かりそめの栄華に酔っている我が身を反省することだろう〉と語られているように、冬の寒空でも日が暮れるまで芸を売らなければならない苛酷な現実の姿が、そこには捉えられている。同書が伝えるように、明治期の住吉踊には、「其日其日の糊口に追はれて」苦しい生活を送る人々の生きる手段、という現実の一面があったのである。

しかし、前章で取りあげた『江戸府内絵本風俗往来』に、この芸を生業とする「住吉坊主」の身の処し方が、「坊主和尚の名ありて、実はぶつと飲むとに身を持ち崩しけるは、所謂仏作りて魂の入らざるなり」、「手踊の上手、指先より足先まで気を入れながら、並の家業に少しも気を入れず」「身軽気軽の」境涯と捉えられていたように、貧しくともどこか暢気な雰囲気もそこには漂っている。こうした人々によって繰り広げられる芸の内実は、いかなるものだったのであろうか。次項でその点を眺めてみたい。

3　人気芸としての住吉踊（かっぽれ）

前出「梅坊主数奇伝」によると、平坊主による「浅草見附の中の両国広小路」での興行が「大評判」となり、明治三年には猿若座での歌舞伎興行にこのかっぽれ踊が取り入れられたことから一座はますますの繁盛、吉原、新橋、柳橋、葭町にまで「贔屓を増して日夜座敷へ呼ばれるやうにな」ったという（『うきよ』六五号、三六―三七頁）。その芸の中身はと言うと、「第一が住吉踊、豊年をどり、深川をどり、桃太郎、棒づくし、かつぽれをどり」で、「道化芝居はおもちやの鬘《かつら》を冠り、紙張りの大小を佩《さ》して、神機妙変一同抱腹絶倒のこしらへを為て、縦横無尽に大滑稽の喜劇をいたす」（同右、三六頁）とあり、前章で見た、江戸時代末期の様相を受け継いで、踊りの合間に滑稽な芝居的要素が盛り込まれていたことがわかる。

同様のことは『東京新繁昌記』にも見え、踊りについては、「一人にして六手六脚有るが如く、三人一舞、調子甚だ軽し」とあり、また「其の間滑稽を帯び、その際俳態を挟む」とあって、具体的には、娘と男に扮した二人が、「娘男を負ふて道ふ、身を桂川に投ずるは則ち旧習の事、娘が男を負ふは固と開化の新様、将た蒸気船に航して大洋に没せん乎と」云々といった、「桂川連理柵」をもじって、本来は長右衛門がお半を背負うはずのあべこべを滑稽に見せたりしていたようである。

黙阿弥の「初霞空住吉」も、「住吉踊」（五二九頁）や「かつぽれ」（五三八頁）、「豊年踊」（五五五頁）の合間に滑稽な問答が挟まれるが、それは例えば、

升坊　それぢやあお前も芝居は好かえ。
島蔵　三度の飯を二度食つても、芝居は見たい。
升坊　おいらも又三度の飯を四度《たび》くつても、芝居は見たい。
島蔵　余計に食ふものがあるものか。（ト又天窓《あたま》を打つ。）
島蔵　おいらは市川左団次の弟子で、
升坊　むゝ、左団次の弟子で、　　　　　　　　　　　　（五四三頁）

島蔵　市川多鈍次《たどんじ》といふ名だ。
升坊　色が黒いから多鈍次か。（卜島蔵の天窓《あたま》を打つ、）
（五四四―五四五頁）

といった具合であり、現行の漫才に近い。(23)

4　過去と現実の二重性

前項で見たような芸態は、前出後藤捷一氏や梅原忠治郎氏が、「その風俗の古雅なこと云ふばかりもない」（「住吉踊の再興」八〇―八一頁）「古典的良風美俗の住吉踊」（注2参照、三四頁）などと言う時のイメージとはかけ離れているかもしれない。しかし、古態から逸脱したものであったとしても、それは、「初霞空住吉」に「古めかしいやうなれど、なま中な踊りよりをかしくつてよつぽどよい」（五二七頁）と評されているように、どこかしら古風な趣を漂わせるものとして、明治期の人の眼に映る面もあったようである。

明治の東京に於いての住吉踊は、〈日常的に目にする大道芸〉であると同時に、明治期（明治の人にとっての現代）の東京で新しく生まれたものではなく、〈古い時代から連綿と続いてきたもの、古い文芸作品の中にも登場するもの〉として存在していたと思われる。彼等は、街角で住吉踊を見ることもあれば、例えば本稿でも取りあげた浄瑠璃『妹背山婦女庭訓』の中に、住吉踊を見出すこともあったわけである。(24)また明治期に於いても、これが大阪住吉社にゆかりの古くからの芸能であるということも伝えられていた。「梅坊主数奇伝」では、「昔し住吉神社で虫追祭といふ神事」があり、「土地の若者どもが皆な白無垢に腰衣を著け、この虫追踊りを踊ったのが此の濫觴だといふことである」とされ（『うきよ』第六五号、三六頁）、撫松の『東京新繁昌記』では、「世に伝ふ、往昔臚僧住吉の祠前を掃ひ、偶然相ひ集つて戯れに踏歌を為す。是れ其の濫觴」云々と伝える。

こうした、現実の生活の中で接することができるものであると同時に、住吉社ゆかりの由緒ある伝統芸能であり、古典文芸の中にその姿を見出すこともできるものでもあるという二重性が、いかに今様に滑稽にはしっても、そこから「古めかしい」イメージを完全に払拭することはなかった理由ではないかと考えられる。

三　住吉踊のもつイメージ——現実と非現実の交錯するところ——

本稿の締めくくりとして、明治期の小説に描かれた住吉踊の例を最後に見る。東京日本橋生れの劇作家・小説家で、雑誌『女人芸術』（昭和三～七年）を主宰した長谷川時雨（明治十二～昭和十六年〈一八七九～一九四一〉）の小説「かっぽれ」（『三田文学』明治四十四年八月初出、明治文学全集『明治女流文学集(二)』〈筑摩書房、昭和四十年〉一三八―一四一頁所見）には、住吉踊が登場するが、本作品の梗概は以下の通りである。

主人公のおさんは、芝居を見に行き、そこで「喜《き》の次《じ》」という女役者に出会う。おさんは、喜の次の様子や「芝居小屋」の雰囲気から、幼い頃「たつた一度しか逢つたことのない」、しかし忘れ難く心に残る「清吉」という女役者の「思出《おもひで》を誘ひ出さ」れ、その俤を喜の次に重ね、彼女は「清吉の小屋へ見物にゆく」幼い頃の自分の姿を鮮明に思い起こし、その思い出の光景の中に没入してゆく。清吉の「美しい命の眼」に「魂も打込んだように、見入つてゐた」かつての自分と一体化し、恍惚の境地に誘い込まれていたおさんであったが、目の前の舞台の「かつぽれ」の声によって我に返り、現実に引き戻される。

——かつぽれ、かつぽれ、ヨーイトナ、せつせ。といふ声に吃驚りして、おさんは幕のあいた舞台を、まともに見やつた。一座総出で何時の間にか喜の次も、かつぽれのお仲間の坊主頭になつて、赤い襷、鉢巻きをして尻からげで踊つてゐる。見物はよろこんで、口を開いて見惚れてゐる。

この現実の光景から、おさんはたった今まで自分が経験していたような恍惚境に誘い込まれる体験を、かつて幼い頃にも経験したことを思い出し、再び過去の記憶へと引き戻されてゆく。

おさんは、大店で暖簾を畳んで、格子と入れかへるかはたれ時《どき》に、町の角へきて大きな傘《からかさ》を開き、其下で囃したて、其廻りを踊りめぐる、住吉踊の梅坊主の仲間がくると、大人の袖の下から潜《くゞり》抜けて、軽く手足を揃へて跳廻るのを見るのが幼い頃大好であつた。そして見呆けて、従弟《いとこ》が人湊ひに勾引《かどわ》かされたのも心附《こゝろづ》かなかつた。丁度其折のように、妙に自分がお留守になる日であると思つて眺めてゐた。(後略)

主人公おさんは、芝居小屋で体験した、目の前の現実から一時離れてゆく感覚と同じものを、かつて幼い頃見た住吉踊にも感じたのだった。そういった、現実とは別の場所へ連れ出されるような感覚を見る者にもたらす芸能として住吉踊が描かれているのは、本稿二章4で見たような住吉踊が持つ性格と無縁ではないかもしれない。明治の東京人時雨にとって、住吉踊とは、〈非現実的な〉場所への架け橋、一種のユートピアとしての意味を持ちうるものであったようである。

現代にまで住吉踊を生きながらえさせたのは、「従弟《いとこ》が人浚ひに勾引《かどわ》かされたのも心附《こゝろづ》かなかつた」とまで描かれる、この芸能自体が秘めている魅力によるものであったに違いない。

注

（1）中山氏は、この論文とほぼ同内容のものを「住吉踊考」と題して『郷土研究　上方』第123号（創元社、昭和十六年三月）三〇—三四頁に再掲しており、こちらの方にはより多く図版が紹介されている（上方刊行会監修、新和出版社発行の復刻によって確認）。

（2）後述するように、住吉踊は住吉社神宮寺の僧と関わりが深いものとされているが、梅原忠治郎氏の「住吉踊考（遺稿）」（『すみのえ』通巻153号〈住吉大社社務所、昭和五十四年七月〉）によれば、「明治時代に入ってはもうその初年に神宮寺が廃寺となり、為に（住吉踊は—論者注）殆ど中絶するに至り、僅に社頭に鬻ぐ麦稈細工の人形によりて、その様式が伝はるばかりであった」という。この「麦稈細工の人形」とは「天保年間に創作した」もので、戦国時代から江戸時代にかけて「毎年六月晦日（今の八月一日）南祭が過ぎてから翌年の四月迄」、「住吉神社から此踊を神宮寺の僧等をして諸国を巡歴せしめ、住吉代参の供物を集めしめた」、「其留守中」の「社参の人々」のために、「踊の代り」として作られたものという。ただし右の記述の典拠となる文献等は示されていない。なお同論考では、楽正会による復興以後の歩みについても述べられているので参照されたい（以上、三四頁参照）。

（3）その芸を現代に伝える音声資料としては、『日本吹込み事始～1903ガイズバーグ・レコーディングス』（CD　東芝EMI）所収、「大道芸「元祖かっぽれ」（豊年斎梅坊主）」がある。

（4）小田豊二氏「「住吉踊り」で燃える芸人たちの夏。」（『東京人』第172号〈東京都文化振興会、平成十三年十一月〉）参照。それによれば、浅草演芸ホールでの八月中旬の昼席興行、噺家による「吉例納涼住吉踊り」は、梅坊主が一線を退いた後、その一座の面々が「住吉連」を立ち上げ寄席に出ていた、その一員から踊りを習った八代目雷門助六の芸を継承せんと始まったものという（六七頁）。また、高橋秀雄氏「「かっぽれ」は「住吉踊り」から」（『すみのえ』第24巻第1号〈昭和六十一年十二月〉）では、初代豊年斎から数えて五代目にあたる「江戸芸かっぽれ家元、二代目桜川ぴん助」について紹介されている。初代の後、二～三代目にかけては、「かっぽれ」だけでの集客の難しさに加えて第二次大戦の影響などで一時芸統が絶えかけていたのを、昭和四十三年、初代の弟子である桜川ぴん助が豊年斎四代目を継いで復活させたという（七―八頁）。その娘二代目ぴん助は、筑波万博の際、「かっぽれ」の源流が「住吉踊り」であることを確信し」、その年の七月、「住吉大社への「かっぽれ」里帰り奉納を実現するとともに、「住吉踊り」とも共演し」たということである（四―五頁）。

（5）例えば『日本古典文学大辞典　第三巻』（岩波書店、昭和五十九年）の「住吉踊」の項（小笠原恭子氏執筆、五六一頁）は、高柳金芳氏『乞胸と江戸の大道芸』（柏書房、昭和五十六年）のみを参考文献にあげているが、高柳氏の書の内容（九七―一〇一頁）及び、この事典の記述は、ほぼそのまま中山氏の説を踏襲した部分が多い。

(6) その話とは、次のようなものである。

(前略) 住吉踊は相当由緒があつたもので、住吉が本家本元であつて、神宮寺の行事には必ずこれを加へられたが、同寺が廃せられて以来、これを保存せんとする人もなく、何時の程にか住吉では踊る者も稀れになり、後には大阪町辺に住吉願人坊主のやうな輩がこれを踊つて物貰ひの材料となすに至つた。(後略)　(前出『土の鈴』第十一輯所載、「再び住吉踊に就て」一〇〇頁)

中山氏の論ではこれを「明治期に住吉踊を復興した楽正会の故老の話」(二七—二八頁) として紹介しているが、右、後藤氏の文章を読む限り、〈大正期に住吉踊を復興した楽正会に踊を指導した老人の話〉とするのが正しい。なお、神宮寺が廃せられたのは、明治四年のこと (中山氏、二八頁)。

(7) 中山氏は具体的には、例えば住吉踊の踊り手が手に持つ団扇が、『住吉名所図絵』(『住吉名勝図会』に同じ) の挿絵にある、住吉社の御田植の神事に用いられていた団扇の簡略化したものと見られること、踊り手が僧形であること、更に後藤捷一氏が前出「再び住吉踊に就て」(一〇〇—一〇一頁) に於いて紹介している住吉踊の唄の本歌、「あら面白の神をどり、天長く地久しく、五穀成就民栄へ、治まる御《ママ》のしるしとて、予てぞ植ゑし住吉の、岸の姫松めでたさよ。」「四社の御前の神かぐら、いつもかはらぬ鈴の音、ヤレ住吉サマの、岸の姫松めでたさよ」の歌詞に田楽の遺風が認められること、などを指摘している。なお傍線部は、後藤氏から直接教示を受けたという高柳氏の著書 (注5参照) では「治まる御代」とする (一〇一頁)。ただし、中山氏の第一点目に関しては、『住吉名勝図会』で団扇が描かれているのは御田植の神事の挿絵ではなく、巻之二所収、「四月卯之日神事」(其三) 及び「六月晦日荒和大祓」(其三)(其四) の絵である (版本地誌大系⑱『住吉名勝図会』〈臨川書店、平成十年〉八四—八五、一〇四—一〇七頁によって確認、図①参照)。

（8）ただし、「毎年出市上。始於上巳。終於六月晦。」とある点は、注2にあげた梅原氏の言とは齟齬が見られる。大田南畝「麓廼塵」にも、「難波に住吉踊といふものあり、三月朔日より六月晦日まで市中へ来り踊りうたふ」とある。引用は、宮内省図書寮蔵本を底本とした『校註日本文学類従　近代歌謡集』（博文館、昭和四年）四八四頁による。

（9）前出『大阪繁昌詩』に描かれる風体は、「絳巾」（赤い布のこと―論者注）を垂らした「菅笠」をかぶり、「白衣」を纏い、「大傘」の柄を「竹片」で叩き拍子をとって唱和する僧の周囲を、三、四人の僧が「白扇《シロイウチハ》」を揮って傘の下に環舞するとあり、「岸の姫松」の詞章とともに、『人倫訓蒙図彙』と比べた時、全員が僧形であるという点を除けば大きな差異は認められない。

（10）彼らが神事に参加していたことは、同書巻之三「神宮寺年中行事」に、「五月廿八日　御田植神事社僧以下着座式事数多」とあることからわかり（版本地誌大系⑱一四二頁）、また同書巻之二には、「御田植神事の日社僧戦闘の状様《ありさま》をなす」云々の説明と共にその絵が掲げられている（同右、九六―九七頁）。

（11）津守家は住吉社の宮司を務めていた。『摂津名所図会』『摂津名所図会大成』ともに、中略部に記されている踊りの扮装等は、『人倫訓蒙図彙』記載のものと大差ない。

（12）『浄瑠璃集』頭注は、「「四社のお前…さらば〱エ」は、『麓の塵』所収「住吉踊の唄」に見える」と指摘している。所見の『近代歌謡集』所収「麓廼塵」（注8参照）によれば、「或人云、住吉太（ママ）神宮は船神なれば、海船などへ行て踊うたふよし、故に船頭殿やさらば〱エとうたふよしなり市中ニテハ「白カンカネノベテ」ト云所ヨリ下ウタハザル也」とある。なお同書にも、「住吉踊を致す者は願人坊主也」とある。

（13）中山氏はこれらを誤伝或いは「月岑翁の誤記」とし（二八頁）、特に考察も加えていないが、こういう説が流布するのは、いかにもあり得ることのように思われる。大阪を遠く離れた土地に於いて

〈住吉〉は、現実の土地として実感されるよりも、例えば謡曲『高砂』等、耳にする機会のある歌謡などの中でそれに接するものだったはずである。『高砂』では、播州高砂の浦から神が住吉社に向けて船出するのであり、そうしたところから記憶の錯誤が起こってもおかしくない。また「奈良辺の坊主より始る」という説に関しては、これは推測に過ぎないが、一―2で引用した『妹背山婦女庭訓』三段目冒頭の、願人坊主の住吉踊の舞台が「奈良」であることと関わりがあるかもしれない。「妹背山婦女庭訓」は現在に於いても上演される人気作であるが、江戸から時期はやや下がるが、明治期にも本作がよく知られたものであったらしいことは、次のような例から窺える。樋口一葉「たけくらべ」七章の、「二人の中に大川一つ横たはりて、舟も筏も此処には御法度、岸に添ふておもひおもひの道をあるきぬ」（『全集』四二〇頁）という信如と美登利に関わる叙述は、『妹背山婦女庭訓』三段目切―「山の段」の、「雛鳥様と久我《こが》様の。妹背の仲を引き分ける妹山背山。船も筏も御法度で。たつたこの川一つ。つい渡られさうなもの」（『浄瑠璃集』三九〇頁）といった詞章と、〈ままならぬ男女の仲を間に横たわる川に喩える〉という発想の共通性と共に、語句のレベルでも極めて類似性が高い。

(14)　嘉永六年（一八五三）。ただし慶応三年（一八六七）加筆の原稿が国会図書館に所蔵されている。本稿で底本に用いたのは、国会図書館所蔵自筆本の翻刻『守貞謾稿』第一巻、第四巻、第五巻（東京堂出版、平成四年）であり、以下巻と頁数のみ記す。

(15)　同じく「巻之七　雑業」「願人坊主」の項（第一巻、二一九頁）には、京坂の住吉踊について次の如くあり、本来扮装は一定のものとされている。

住吉踊ノ扮ハ衣服、手甲、股引、脚半、甲掛トモ、必ズ白木綿ヲ用ヒ、茜綿ノ前垂ヲカケ、右手ニ一団扇ヲ携、又一ツヲ帯ノ背ニ挟ミ、菅笠ノ周リニ茜布ヲ垂シ、草鞋ヲハク。五六輩、同扮ニ

シテ（後略）

また、傍線部に描かれている扮装は、『住吉名勝図会』所載の絵（図③）とほぼ等しい。

(16) 頭巾については、中山氏の論で紹介されている江戸末期の風俗資料『世のすがた』にも、「浅黄或は黒き頭巾をかぶり」とある。『未刊随筆百種　第十』（臨川書店、昭和四十四年〈昭和二年、米山堂発行の複製本〉）所見、四六六頁。同書「解題」（六頁）には、「寛政の末より天保の始」の世相を写したものとある。

(17) 『江戸府内絵本風俗往来』は明治三十八年十二月、東陽堂刊。ただし「凡例」での著者の言（東洋文庫「解説」二八八頁に引用）に、「書中載する所は、蘆の葉（著者菊池の号―論者注）が幼年より、目撃せる所のもののみなれば、嘉永以後より慶応の初めに至るの時代と知らるべし」とあり、その内容は幕末期のものである。

(18) 西角井正大氏「願人坊主の芸能」（『日本歌謡研究』第15号〈日本歌謡学会、昭和五十年十月〉）の中でも、『守貞謾稿』に基づき、江戸の住吉踊の特徴を「戯謔を専らとした」こととしている（三六頁）。

(19) 「大江戸の名残梅坊主数奇伝」（『うきよ』第六五号〈楽文社、大正七年一月〉所載、無記名）三五―三七頁参照。かっぽれの創始者であること、その他没年、享年等、平坊主に関しては、『明治事物起原』の記述と一致する。なお「梅坊主数奇伝」は、『うきよ』第六五～六七号連載。梅坊主の芸が隆盛を極め、寄席への進出、その後の浅草公園での興行、更には海外公演まで、その軌跡を辿る。

(20) 明治三十年生まれの石黒敬七氏が、大正時代から蒐集し始めたという日本の古写真のコレクションは、昭和三十二年、『写された幕末』（全二冊）として刊行された（未見。所見本巻頭の小西四郎氏・敬七氏令息の石黒敬章氏の序文、巻末の著者略歴等参照）。

(21) 中山太郎氏の論の冒頭には、氏が明治の前半期に故郷で見聞した住吉踊の扮装が紹介されており(氏は明治九年、栃木県足利生れ)、「皆一様に白衣を着て墨染の腰法衣を附け、模様のある股引に白緒の麻裏草履を穿き、右肩から左脇へかけ花色の襷をかけ、天窓に水浅黄の投頭巾を被つたイナセの連中」(二一二頁)とあって、『守貞謾稿』や『世のすがた』が伝える江戸末期の扮装が、明治期に於いても一部受け継がれていたことを物語っている。また、梅坊主の初期のいでたちも、「柿色の頭巾を冠り」と紹介されている(『うきよ』第六五号、三八頁)。

(22) 松原岩五郎『最暗黒の東京』(民友社、明治二十六年)「一　貧街の夜景」に、「下谷山伏町より万年町」は「府下十五区の内にて最多数の廃屋を集めたる例の貧民窟にして」とあり(引用は岩波文庫『最暗黒の東京』昭和六十三年、一九頁)、横山源之助『日本の下層社会』(教文館、明治三十二年)第一編「東京貧民の状態」―「第一　都会の半面」には、浅草区新谷町について「多く細民の住める処」とする(岩波文庫『日本の下層社会』昭和六十年、二四―二五頁)。

(23) 渋沢青花『浅草っ子』(毎日新聞社、昭和四十一年)「六区の見世物」―「かっぽれ」の項では、明治三十年代の浅草公園での興行の様子が回想されており、「わたしの子供の時分には、漫才はなかった。そして「かっぽれ」が、ちょうど漫才のようなものだった」(一四〇頁)と述べられている。

(24) 明治時代の人は、日常的な娯楽として、寄席で浄瑠璃語りを耳で聴いて楽しむと共に、活字化されたテキストを読む、というかたちでも、浄瑠璃に親しんでいた(博文館は、明治三十年二月に、この『妹背山婦女庭訓』など、浄瑠璃の著名な作品を集めた『校訂浄瑠璃名作集　全』を帝国文庫の中の一冊として発行している)。

図版注

図①『住吉名勝図会』巻之二「六月晦日荒和大祓」（其三）。版本地誌大系⑱『住吉名勝図会』（臨川書店、平成十年）一〇四―一〇五頁より転載。

図②『人倫訓蒙図彙』巻七「すみよしおとり」（京都女子大学所蔵）二十丁表所載。

図③『住吉名勝図会』巻之五「住吉踊之図」。版本地誌大系⑱『住吉名勝図会』二四七頁より転載。

図④『住吉名勝図会』巻之二「五月廿八日　御田植神事」。同右、九二―九三頁より転載。

図⑤『江戸府内絵本風俗往来』下編雑の部「住吉踊　かっぽれ」。東洋文庫『絵本江戸風俗往来』（平凡社、昭和四十年）二五九頁より転載。

図⑥『写された幕末―石黒敬七コレクション』（明石書店、平成二年）一七八頁より転載。

図⑦『うきよ』第六五号〈楽文社、大正七年一月〉「梅坊主数奇伝」挿絵、同誌三九頁より転載。

図⑧『東京風俗志　上の巻』覆刻版（冨山房、平成二年）五一頁より転載。

＊本稿脱稿後、八木意知男氏より、幕末の資料『視聴草』に、住吉踊に関する記述がある旨、ご教示を得た。江戸から明治にかけての住吉踊について、今後も考察する機会を持ちたいと考える。

＊引用文献中には、今日に於いては不適切と見られる文言があるが、時代性を考慮してそのままとした。

＊本稿では、引用文献全般に亘り、字体を現行のものに改めた。また、濁点を補い、ルビを省略した箇所がある。また、傍線等は、特に断らない限り論者による。

＊画像の転載を許可いただきました諸機関、ならびに石黒敬章氏に厚く御礼申し上げます。

後記

平成十六年（二〇〇四）、大阪市に御鎮座の住吉大社主催「住吉セミナー」にお声をかけて頂き、京都女子大学短期大学部文学科国語・国文専攻に籍を置くもの一同六名が、月次に「住吉社と文学」をキーワードとして所見を述べた。それから丸一ヶ年を経過した今、その折の足らざるを補い、誤りを正して、ここに纏め一冊とし、住吉神への法楽とする。

住吉神が文学にその御名を契したのは古いことである。そのために古代・中世・近世・近現代と所謂「国語・国文学」の時代区分の全てに対応した作品資料に登場する。それは散文・韻文の別を問わずにである。文学の神としての面目と言ってよい。故に、数多くの論が発表されて来た。その歴史をふまえて、敢えて蟷螂の斧を振わんとしたのは、従来、あまり論じられることが無く、結果として見落されがちであった「住吉社と文学」の関わりについてである。このことは、何れ住吉信仰史へ赴く折の力となると信じている。

ところで、本書は「シリーズ文学と神社」と銘打ったシリーズ物である。本『住吉社と文学』の編集過程で、シリーズ化の話は固まった。神社と文学との関わりは、独り住吉社のみのものではなく、どの神社ももっている現象であると気付いてしまったからである。一社一社丹念に読み継ぐことを枷としたが、そこに何がしかの花が咲くことを信じている。

最後に、かかる機会をお与え下さった住吉神の恩沢と、限りない御理解を賜わった和泉書院社長廣橋研三氏に、執筆者一同謹んで御礼申し上げます。

908	延喜八年	・醍醐天皇、住吉行幸。
927	延長五年	・延喜式撰上
935	承平五年	・土佐日記成
952	天暦六年	・これ以前、神階正一位に叙さる。
997	長徳三年	・多田満仲歿
1005	寛弘二年	・安倍清明歿
1006	寛弘三年	・これ以前源氏物語成るか。
1019	寛仁三年	・赤染衛門息大江挙周任和泉守
1031	長元四年	・上東門院彰子、住吉行啓。
1035	長元八年	・関白左大臣頼通賀陽院水閣歌合の勝方住吉社礼参。
1039	長暦三年	・廿二社の制。
1102	康和四年	・津守国基歿
1170	嘉応二年	・住吉社歌合
1171	承安元年	・後白河院、住吉御幸。
1190	文治六年	・藤原俊成住吉社法楽百首
1200	正治二年	・後鳥羽院、住吉御幸。
1201	建仁元年	・藤原定家住吉社参詣
1368	正平二十三年	・南朝長慶天皇、住吉において践祚。
1524	大永四年	・三条西実隆住吉社参詣
1606	慶長十一年	・淀君住吉社反橋寄進か。
1693	元禄六年	・井原西鶴歿
1694	元禄七年	・松尾芭蕉住吉社参詣
1724	享保九年	・近松門左衛門歿
1794	寛政六年	・住吉名勝図会成

住吉関係略年表

		・住吉神檍原に出現
	神武天皇即位前紀	・神武天皇東征
	垂仁天皇廿六年	・天照皇太神、伊勢遷祀。
369	仲哀天皇九年	・神功皇后三韓征伐
	神功皇后摂政前紀	・住吉神、摂津沼名椋長岡前に鎮座。
	応神天皇十六年	・王仁来朝、論語・千字文を伝う。
	仁徳天皇元年	・仁徳天皇、難波高津宮に都す。
552	欽明天皇十三年	・百済聖明王、仏像・経論を伝う。
600	推古天皇八年	・第一回遣隋使
622	推古天皇三十年	・聖徳太子歿
630	舒明天皇二年	・第一回遣唐使
712	和銅五年	・古事記成
720	養老四年	・日本書紀成
749	天平勝宝元年	・住吉社初度遷宮
	同	・行基歿
758	天平宝字二年	・住吉神宮寺「新羅寺」建立
789	延暦八年	・住吉大社神代記最終年紀
	同	・桓武天皇、住吉行幸。
822	弘仁十三年	・伝教大師最澄歿
835	承和二年	・弘法大師空海歿
894	寛平六年	・遣唐使廃止
905	延喜五年	・古今集成

執筆者紹介（論文掲載順）

氏　名	主な担当科目	主な対象作品
八《や》木《ぎ》意《い》知《ち》男《お》	講読古代(韻文)・演習	和歌(古今和歌集等)
坂《さか》本《もと》信《のぶ》道《ゆき》	講読古代(散文)・演習	物語(源氏物語等)
中《なか》前《まえ》正《まさ》志《し》	講読中世・演習	説話文学(宇治拾遺物語等)
高《たか》見《み》三《さぶ》郎《ろう》	国語史・演習	抄物(杜詩続翠抄等)
山﨑《やまさき》(正木)ゆみ	講読近世・演習	近松門左衛門作品(心中天網島等)
峯《みね》村《むら》至《し》津《づ》子《こ》	講読近代・演習	樋口一葉作品(たけくらべ等)

住吉社と文学　　シリーズ“文学と神社”①

2008年1月20日　初版第一刷発行©

編　者　京都女子大学短期大学部
　　　　国語・国文専攻研究室

発行者　廣橋研三

発行所　和泉書院

〒543-0002　大阪市天王寺区上汐5-3-8
電話 06-6771-1467／振替 00970-8-15043
印刷・製本 シナノ
ISBN978-4-7576-0442-1　C1395　　定価はカバーに表示

和田嘉寿男 著

倭姫命世記注釈

研究叢書258■Ａ５判・定価七三五〇円（本体七〇〇〇〇円）

『倭姫命世記』は、倭姫命が天照大神を奉じて各地を遍歴した後、伊勢の地に大神を鎮める過程を述べ、伊勢神宮の祭祀の由緒などを説くが、本書はその古代的な側面に重点をおいて、全文を注釈、口語訳したものである。

管　宗次 著

敷田年治研究

研究叢書279■Ａ５判・定価一〇五〇〇円（本体一〇〇〇〇円）

平成十四年の歿後百年祭にあたり、国学全般に優れた業績を残した初代皇學館大学学頭敷田年治の伝記と著述を中心とした調査研究の成果を、自筆資料他の貴重な資料と共に紹介。本書により幕末から明治期の国学・和歌の学芸壇・文雅壇を俯瞰的につかむことができる。

島津忠夫著作集第六巻

天満宮連歌史　付、法楽連歌ほか

■Ａ５判・定価九四五〇円（本体九〇〇〇〇円）

大阪天満宮連歌史、太宰府天満宮連歌史を中心とする。それに、『能と連歌』の中から「法楽連歌」「連歌と宴」「財団法人角屋保存会蔵「邸内遊楽図」二曲一隻」などを取り出してここに収め、さらに「連歌と年中行事」を添えた。